「恋と革命」の死　岸上大作

福島泰樹 著

夭折の系譜

皓星社

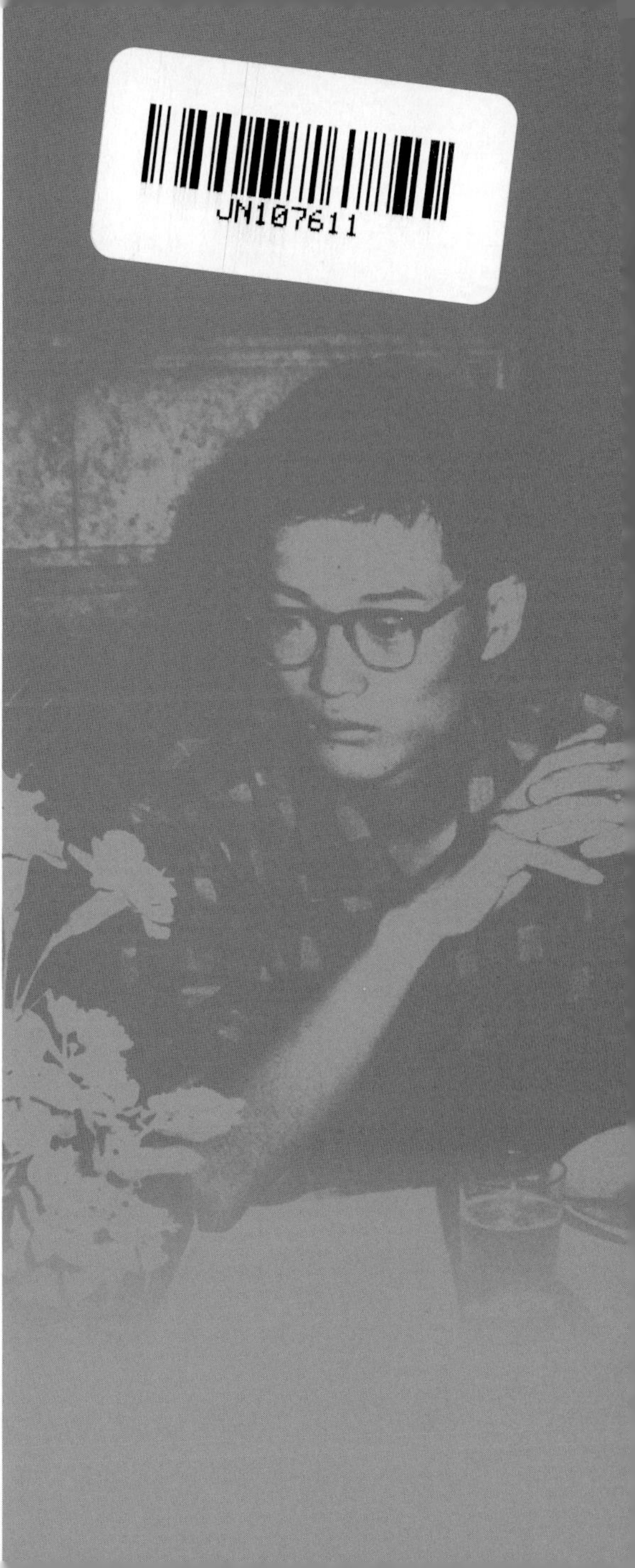

目次

「恋と革命」の死

葦——序にかえて

岸上大作の五十回目の命日にあたる二〇一〇年十二月五日の朝、姫路文学館での記念講演に先立ち、学芸員竹廣裕子氏の案内で歌碑の建つ岸上の母校福崎高校などゆかりの地を巡り、墓前に酒を手向けた。

陸軍伍長岸上繁一母まさゑ挟まれて建つ死にながら立つ

墓は、没後十年にあたる一九七〇年十二月五日、思潮社から刊行された『岸上大作全集』の印税で、母が建立したと聞く。初めて岸上大作の墓を訪ねたのは一九八二年十二月、姫路市民会館ホールでの絶叫コンサートの帰路であった。田圃の向こうに生まれ育った福崎町を見おろす丘の中腹に、岸上の墓は父の墓と並んで建てられていた。

母まさゑが死去したのは、一九九一(平成三)年三月三日、七十四歳であった。二十九歳で夫を、四十三歳で息子を亡くし、以後三十一年の余生であった。母が最後に夢をふくらませたのは、姫路文学館の開館であった。岸上との友情に生涯を捧げた高瀬隆和氏の尽力により、文学館に遺品・資料約千点が寄託され、常設展示コーナーが設けられることになっていたのだ。四月オープン直前の死であった。

読経を終えて、母の墓の傍らに置いたコートを取ろうとして気付いた。つけもの石に似た石の前に、枯れた花が供えられてあるではないか。いけない、私は、墓の上にコートを置いていたのだ。変哲もない丸い石は、岸上の祖父勇次郎の墓であった。

岸上勇次郎は、岸上の墓が建つ前々年の一九六九年一月、九十歳で没している。

以後母は、自らが死去するまでの二十二年間を、「岸上家之墓」を建てようとはしなかった。建てれば、義父が入り自身が入ることとなる。無言の意志表示であろう。以下は、私の推測である。

義父勇次郎の遺骨は当初、夫繁一の右脇に埋葬され、墓石代わりに石を載せた。二年後、夫繁一と並び息子大作の墓を建てるに及び、義父の遺骨は掘り起こされ、息子の墓の右脇に改葬された。

この、母の無言の意志表示を敏感に察知したのは、息女福永佳世氏であった。平成三年八月、母の墓を建てるにあたり、祖父の遺骨はまた掘り起こされ、母の墓の右脇に改葬され、また石が載せられたのである。

私の知るかぎり一般家庭での、個人墓ははなはだめずらしい。大概は、その家の墓に合葬されるのである。

改めて母と義父との間の、死後も続く深い確執を思った。

レインコートを顔に被って死んでゆくズボンの裾の泥も拭わず

昨十二月五日の講演に次いで、「よみがえる60年安保の青春　没後50年　歌人岸上大作」展開催中の姫路文学館を訪ねたのは、それから二ヶ月後の二月十二日のことであった。ＮＨＫ教育テレビ「こころの時代」が、福島泰樹を特集（「無念も捨てたもんじゃない」　三月六日放送）制作のため、連日撮影が続いていた。

十日には、吉祥寺「曼荼羅」での月例「短歌絶叫コンサート「血と雨の歌」」を、十一日には私の寺でのインタビューを、そして十二日、姫路文学館での撮影と相成ったのである。展示場には母からの現金書留の束から、勉強机に至るまで、岸上大作二十一年の歴史のすべてが展示されている。

一九六〇年十二月四日、午後八時前から書き始め、翌五日午前二時三十七分、死の寸前まで書き続けた絶筆「ぼくのためのノート」二百字詰原稿用紙五十四枚（ノンブルの誤記、実際は五十三枚）が、長い陳列ケースに一枚一枚並べられてある。テレビカメラがケースを覗き込む私を追う。

感心したのは、最後の一字一句に至るまで乱れなく、原稿用紙の桝目に収まっている、ことであった。硝子一枚をへだてて冬の雨の降る夜、火の気もない部屋で、しかも服毒兼縊死を前に書いたものとは、とても思えない。この強靱な精神力はどこで養われてきたものであろうか。

「二時三十分、服毒。すぐ意識がなくなるのかとおもったら、なかなか——。一度窓の外に出てみたがさむくってやり切れない」までは、一字一字乱れることなく桝に収まっている。使用されている原稿用紙は、お馴染みの緑の桝目の「コクヨ20×10」。最後の頁は、原稿用紙の中央、三字下げ……。

顔はレーンコートでかくす。
　電気を消して真暗闇の中で
　　書いている。
　　　デタラメダ！

「書いている／デタラメダ！」は原稿用紙六行目に、寄り添うように書かれているが、ペンの文字に乱れはない。更に驚いたことには、原稿用紙左上のノンブル用横線に「54」と頁数が記されていることであった。
つまり、岸上大作は、「顔をレーンコートでかく」し、「真っ暗闇の中で書いて」はいなかったのである。死の寸前まで、寸分の乱れもなく、冷静に計画を進行させていたのだ。
六〇年安保闘争の歳晩、革命への夢を抱きつつ失恋自殺したという自身の「肖像」の完成を目指していたのである。すなわち「死によって生きてするよりも、激しい自己主張、生きていることとの主張をしたのではないでしょうか」（Y・K宛手紙一九六〇年七月二十一日付）という論理の実践である。つまり、死者に身を転ずることによって、地上では叶わなかった生者との関係を、より密接な関係に創り上げようとするしたたかな意志……！

遠いところに戦争が在り父が居りおいでおいでをしている真昼

姫路文学館からバスが仕立てられ福崎町へ向かう、天気も上々。華香を供え撮影、そしてスタッフの墓参後、岸上大作の生家へ向かった。冬枯れの田圃が侘しい。姫路文学館発行の図録で見る岸上家には、樹木鬱蒼とした庭があり、日当りのいい縁側は家族が寛ぐ場所であった。胡座をかいた父繁一が笑顔で大作になにかを語りかけている。右手の鉄砲を杖代わりに縁側に突き立て左手で父の肩に手をやる一歳の大作が、カメラに微笑みかけている。

いま一葉は、安楽椅子でひなたぼっこをする祖父、そのかたわらの母と幼い大作と佳世。その縁先と庭石を配した広々とした庭は、家族団欒の安息の場所であった。ある日、舞い込んできた召集令状が事態を一変させた。

六歳で父戦病死の報に接した岸上は、戦後の貧しい生活の中で、父を奪った戦争の悲惨を、その幼いからだの、骨身に沁みこませ、味わい尽くしてきた。「お父さんは僕にとっていちばんにくい戦争でなくなられたのだ。一、二年のころはあまり思わなかった父の戦死もいまはわかりすぎるくらいだ。いい族に対してお金が当たるようになったらお母さんも楽になるしぼくもゆっくりと勉強が出来る。……」

昭和二十七年七月二十日、中学二年十二歳の日記だ。文中「一、二年」とあるのは、小学校一、二年の意。岸上は以後、中学二年から本格的に日記を書き始めることとなる。その習慣は、死の五日前まで七年に及び、姫路文学館には、中学時代一冊（一冊は所在不明）、高校時代三冊。大学時代（二年六ヶ月）七冊の日記が収蔵されている。所在不明、消滅をいれるとわずか七年の間に十三冊を書き記していたことになる。

日記は、岸上に思考を教え、情感を育成した。家の貧しさ、家庭の不和はどこからくるのか。帰結するところは戦争であった。やがて本と出会う。文学との出会いである。文学は、幼い苦悩に応えてくれた。その最初の師が、石川啄木であった。啄木の思考と想像、その創作の原点が日記であったことと併せて興味ぶかい。十四歳の少年は、やがて初恋に目覚め外部へと目をひろげてゆく。日記に、告白のあまみが加味される。

稚拙な俳句は、やがて詩に姿を変え、短歌へと花開いてゆくのだ。

なにゆえにかく「美しく」「聰明」であらねばならぬ母棄てるため

姫路文学館展示場でまず目を引いたのは、高校時代、岸上が使用していた机であった。見れば「挽歌」「人生はボードレールに如かず」「一九五七年夏」、「カナシイ」などといった字が深く彫り込まれていた。「挽歌」は、原田康子の小説『挽歌』からであろう。岸上高校時代の大ベストセラーである。「人生は……」は、芥川龍之介「或る阿呆一の一生」冒頭の「人生は一行のボオドレエルにも若かない。」。「一九五七年夏」は岸上十七歳、高校最後の夏。その脇には「カナシイ」が彫り込まれている。なにがあったか。高瀬の調査では、高校三年の日記は、岸上の部屋の押入ですべて鼠に喰われてしまい、現存しない。

生家へ着いた。岸上は、二階を勉強部屋に、二階で寝起きしていた。家の持主の了解を得、敷居をまたいだ。家はリフォームの跡が見えたが、柱と階段は昔のままであった。階段を上がると冬のひかりが部屋に広がっている。奥八畳、手前六畳ほどのスペースか。

「寺山修司の若々しさ、あんな短歌も魅力はある。しかし、俺は彼の青春のエネルギーの放出に同意出来ぬ」。昭和三十二年一月十五日、十七歳。高校二年の岸上が部屋に居る。寺山修司も父を戦病死で亡くし、母一人の手で育てられてきた。寺山少年は母に棄てられた。しかし、母を棄民しはしなかったぞ。「美しい」「聰明」などという観念に殉じはしなかったぞ。

家の周辺での撮影を終え、すべて終了と思った矢先だ。ディレクター奥田亡羊氏から注文が出た。もう一度、墓地へ戻り撮り直します。田圃の畦道から、岸上の墓に向かって絶叫してくれというのだ。渡された用紙には、「二日酔いの無念きわまるぼくのためもっと電車よ　まじめに走れ」と書いてある。学生時代の私の作で、いまもって忘れ難い。私は、言われるままにその場で何首かを書き加え、田圃の畦道を歩いた。そうか、ディレクター氏が私に要求したのは、この「無様」さであったのか。福島よ、お前は、おのれの青春の無様を、岸上の墓に向かって思いっきり叫んでみよ！　と、いうのか。岸上の日記にこんな一節があったぞ。

トリスのポケットビンを二本ノンデ、
ダラシナクも酔っぱらってしまったボク
イケナイボク。

突如降り出した雪に煙る墓に向かって、私は思いっきり息を吸い込んだ。そして、墓に向かって右手を突き出し、体を絞り出すように絶叫した。

二日酔いの無念きわまるぼくのためもっと電車よ　まじめに走れ

「岸上の墓所を背景にした田園のなか、福島さんが短歌を絶叫するシーン。とつぜんこの地方には珍しいほどの雪が降り始め、福島さんが見えなくなるほど吹雪が現出したのだ。息を呑むような雪景の中に消えてゆく福島さんの背中を、厳粛な気持で見守っていた。福島さんと出会ったことにより、岸上大作がたしかに「いる」と感じられる場面を私はいくつか見てきた。」

撮影に同行した、姫路文学館の竹廣裕子氏が、「岸上大作特集」(「月光」65号)に、こんな一文を寄稿してくれた。

あれから十年ちかい歳月が流れた。岸上大作の生家も、すでに無い。一九六〇年安保闘争の歳晩、二十一歳で純潔のまま死んでいった岸上が、愛おしくってならない。せめて一度でも女を知っていれば、あのような無様を！　というのが、岸上の何倍もの歳月を生きてしまった私の、余すところのない実感である。

岸上大作没後五十年の霊前に私は、歌集『血と雨の歌』(思潮社)を献じた。そしていま、没後六十年の霊前に本書『「恋と革命」の死　岸上大作』一巻を捧げる。思えば長い付き合いであった。だが、後は、もうない……。

無花果の葉より零れる滴りの　女体というを知らずに死にき

岸上大作よ、君を書くことは、「戦後」という時代を、社会や歴史を視座に、常に民衆の側から苦悩し、学習を怠ることなく戦い成長した、日本の最も誠実な青年の精神史を書くことにほかならない。そう思って、歩いてきた。

君が福崎高校に入学した春（四月二十六日）、日記に標した、パスカル『パンセ』「考える葦」を想起させる「葦」と題する詩を書き記す。この詩の中に、君の母への切なる憶いとその無惨な結末はすでに予見されていた。絶唱にあたいする詩ではある。

母よ、
あなたは
唯　精神力のみで、

やせ細った体をむち打って、
この弱々しき
考える葦に
何んの望みをかけているのか、
この葦は
やがて、
その双けんに
その母の総ての望みを乗せて、
弱々しく
立ち上るだろう。
だが、
この葦に光はあるのか。

I

母

1

岸上大作は、昭和十四(一九三九)年十月二十一日、兵庫県神崎郡田原村井ノ口(現、福崎町西田原)に父繁一(明治四十五年十月十三日生)、母まさゑ(大正六年一月三日生)の長男として生まれた。父は、神埼郡市川町鶴居運送店に勤務するトラックの運転手であった。母の実家は、市川町鶴居。繁一の運送店勤務が、二人の縁をとりもったのかもしれない。

十六年十二月十一日、妹佳世生まれる。数日を経て、太平洋戦争に突入。翌十七年十二月、父(三十歳)に臨時召集令状が舞い込み、十七日応召。着任地は姫路、輜重《しちょう》兵五十四連隊。二十七日には、満州へ出征してゆく。自動車隊に編入。

大作はこの時三歳、妹佳世は二歳だった。以後、働き手を失った母の労苦の日々が続く。

戦地からの書簡は、三十通が残されている(姫路文学館収蔵)。うち大作に宛てた絵はがき四通、後は妻まさゑに宛てたもの。以下、姫路文学館が、岸上没後四十年を記念して刊行した『'60年 ある青春の

軌跡 歌人 岸上大作』図録及び巻末「年譜」などを手がかりに、幼少年時の動向を探ってみたい。
幸い、姫路文学館資料室で中学、高校時代の日記、その他の資料と対面することができた。

大作ヨ　オ前ニハ今ノ所　ナンモ送ツテヤル物ガナイカラ　父サンガ日曜日毎ニ畫ハガキヲ送ツテヤルヨ　ダカラ　ジイサンカアサンノ言ハレル事ヲ良ク聞　イテ　オ前モ大キク成ッタラ兵隊サンニナル様　オ前ハ兵隊サンガスキダッタネ
トマトヤ西瓜ハ大キイノガナツタカ父サンモタベタイネ　秀一サンハ如何シテ居ルカ　又次ノ日曜日ヲ　マツテ居レヨ今度ハお馬ノ付イタノヲ送ッテヤル　サイナラ
母ちゃん讀んでやってくれ

宛名は「岸上大作君」。発信人地番は「満州牡丹江第一八軍事郵便所気付／満州第二一三部隊松井隊深谷班／岸上繁一」。切手の箇所に「軍事／郵便」、その下には「検閲済」印。
発信年不明、発信日付は、「九月一日」。

達筆の書面、大作への父子の情は深い。

昭和二十年八月十五日、敗戦により父岸上繁一は広東警備の任を解かれる。二十一年三月十二日、繁一内地帰還のため洛陽を発つ。四月一日上海出港。五日、引揚船「興安丸」山口県仙崎港へ入港。三年三ヶ月の歳月を経て繁一は内地の土を踏んだのである。だが、父は帰還し、大作を抱き上げることはなかった。大作、田原村立田原小学校に入学。

五月二日、岸上繁一、横須賀市久里浜引揚援護局検疫所に於いてマラリアのため戦病死。三十三歳であった。家には二十六歳の母、六歳の大作と四歳の妹、六十六歳の祖父勇次郎が遺された。

父の死は、以後、鮮烈な記憶となって繰り返し思い出された。昭和三十一年、高校二年時の短歌を引く。

白き骨五つ六つを父と言われわれは小さき手をあわせたり
白き位牌持てと言われて泣きわめきし父葬る日の吾は一年生
陸軍伍長父の白骨埋められ墓標は雨にただ濡れていし
父の骨音なく深く埋められてさみだれに黒く濡れていし土

戦病死後、遺体はただちに火葬され母まさゑの下に届けられたのであろう。「さみだれに黒く濡れていし土」が、明確にそのことを物語っている。井口村の人々あげての葬儀であったのだろう。位牌は、長子が持つ習わしがある。とまれ、十六歳の岸上の短歌は、遺骨となって帰還した父埋葬の情景を鮮やかに伝えている。

埋葬の情景は、さらに

父逝きて苦しみ多き十年なりき写真の額もいたく煤けぬ

「わだつみ」の苦悶の声を読み終えて信じて逝きし父を思えり

炎天を杖にすがりてゆく祖父よ父十周忌にわが家貧しき

これらの歌を引き出す。

二首目、「わだつみ」は、「綿津見」、海神のこと。ここでは、戦没した学徒兵の手記を集めた遺稿集『きけ　わだつみのこえ』。東京大学戦没学徒兵の手記集『はるかなる山河に』(東京大学協同組合出版部二十二年)に続き二十四年、『きけ　わだつみのこえ』として出版された。

父の死を、戦争、歴史、社会という側面から浮かび上がらせようとし、四年後の「意志表示」の作へと収斂されてゆく。

戦いて父が逝きたる日の祈りジグザグにあるを激しくさせる

2

話を昭和二十一年次へ戻そう。

この頃のことを後に母は、岸上の友人高瀬隆和に宛てた手紙（昭和四十五年八月二十六日）で、「繁一が召集になって後、佳世の手を引いて姫路まで蒟蒻を売りに行き、お昼からマッチ屋へ働きにいったり、二年ほどはいろいろ働きました。繁一が死んだ頃は、わら加工（縄）が盛んでしたので、以後十五年ほど行きました。縄屋へ行きだした時分は本当に安いお金でした」「朝は人より早く行き、晩はみんな帰ってからも働きました」と述懐。

母の労働から得る賃金が、四人の一家を支えていたのである。大作の日記も涙をさそう。

「ぼくの一日中で、一番いそがしいのは夕方だ。とりのえさふろたき、食事の用意だのでいそがしい。それはまずしいからお母さんが働きにいっておられるからだ。お父さんさえいて下さったら、お父さんは僕にとっていちばんにくい戦争でなくなられたのだ。」（昭和二十七年七月二十日）

とまれ、田原小学校時代の大作は、低学年の頃は内気で同級生に泣かされることが多かったが、日記をつける習慣を身につけ、詩を書き、雑誌に詩の投稿などもするようになる。また、小学生用の雑誌（小学館）に入選した小学生の詩を集め、挿画を描き「児童詩」なるノート二冊を編集したりもした。日記と詩の創作により文学へ目覚めてゆくのである。

昭和二十七年四月（十二歳）、田原村立田原中学校に入学。大作は、母の労苦に応えるように、内気な性格を克服して成長してゆく。成績は優秀で学級委員長や生徒会書記をつとめ、文学に親しんでゆく。学校誌『あけぼの』の編集の他、「学校民主化」のために「生徒会報」を発行。

「一年前の学校の御用機関にすぎぬ生徒会から民主的な規則による生徒会ができたというだけでも大きな進歩だと云わなければならない」。十五歳の少年は、得意そうに鉛筆で文字を埋めてゆく。日記は、岸上少年のよき友として成長してゆく。「民主化」「民主的規則」などの文字が、戦後の時代を反映している。

この頃、社会科担任政木清信の影響を受け社会主義に興味を覚える。放課後、大作少年は毎日のように、政木のところへ行き、生徒会などの相談を受けたことなどが日記から窺われる。また、中学三年進級時には、恋の苦悩を読んでもらうため中学二年生日記を預けたりもした。

話は前後するが、中学三年時（昭和二十九年六月十七日〜翌三十年一月九日）の日記を引く。月と星、「THE EAR DIARY」の横文字が絡み合うモダンなデザインからなる黒表紙のB六判、自由日記だ。

巻頭には、文章の他、「白湯」という詩が書かれている。「白湯は、／にごったような白い色をしている」

ぼくの家は毎日
にごった
何んの香もない
味もない
白湯ばかりだ

そして、ぶ厚い日記帳は、小さなな字でぎっしりと埋め尽くされている。

巻末の「重要事項」には、「7月21日　インドシナ休戦協定調印／9月24日　久保山氏死去（水爆実験初のギセイシャ）／9月26日　トウヤ丸ソウナン／12月7日　吉田内閣総辞職／12月9日　鳩山内閣成立」など国内外の出来事。手に取れば、十四歳の六月から、十五歳の一月に至る、岸上大作の苦悩の日々が手に取るように分かる。

六月二十三日。「今日は家の田植えであった」「ぼくらは苗を昨日の残りの分だけ引いていた。九時半頃母が田尻の人達と植えにこられた」。二十七日には、「お母さんが無理をして働いておられる。又病気になってしまわれるだろう。病気になれば、家はもっと貧乏になる」。「これは何故だろう、国が悪いのだ」。さらに、憲法を論じ、不平等を嘆き、戦争を憎悪し、「日本も本当の共産主義国家にし、平和国家にしなければならない。その為にぼくは闘うのだ」で結ばれている。
八月二十四日には、石坂洋次郎「若い人」の一節……。

俺は寂しい、俺は孤独だ……
俺は温かい恋人が欲しい

よほど気に入った一節なのだろう。このフレーズは、日記のところどころで調子を変えて繰り返される。そして翌年一月四日、「温かい恋人を」欲する理由が証される（文中、「輝子さん」は同級生）。

ぼくほど家庭生活に恵まれない者があるだろうか。こんな暗い家は本当にいやになってしまう。ぼくが輝子さんの愛を求めるのは当然だ。いつも祖父と母は口論し、祖父はいつもぶつぶつ云っている。祖父はいつも母の行為を見はっていて、母が出るとすぐぼくらにどこへ行ったかという。晩に外へ出ればつけていってみんなに問われて（見えすいた）嘘を云っている。いつも互いに相手を探っている。何故こんな暗い家庭にしたのか。それはみんな戦争の為だ。戦争がなく、そして父さえ生きていたらこんなことにはなっていなかったと思う。

……………

ここに僕の世界平和の悲願が生まれた。

祖父勇次郎の妻は、早くに病死、勇次郎はながく独り身であった。勇次郎は戦前から生花の師範の資格をもち、出稽古などにも精を出していたという。その出自は、富裕な農家に生まれ育ったのであろう。「白湯」執筆時、祖父勇次郎(明治十三年生)は、七十四歳。母まさゑ(大正六年生)は三十七歳。父繁一戦病死から八年の歳月が経過している。日記は、家族離散の一歩手前を伝え、危ない。

この間の、九月二十六日には、「考えると祖父も気の毒だ。七十何才になってから一日中働いて、また晩になれば食事の用意をしなければならない。又母も非常に気の毒だ。弱い体で一日中力いっぱい働いている」と、祖父と母への労りの言葉も投げかけ、同時に、「第三回執行委員会開く。誰ももんくを言わずに集まり一所懸命仕事をしている……これは団結の力だ」(九月十七日)と、生徒会への積極的活動を記述、また、日記の余白には「原水爆の実験を即時禁止せよ!!」と、ビキニ環礁アメリカ水爆実験の犠牲者マグロ漁船第五福竜丸の乗組員久保山愛吉を哀悼、自身をとりまく私状況から、日本をとりまく公状況へと神経を張りめぐらせている。

この頃、俳句を日記に書き散らかしてもいる。

一月四日、「僕が輝子さんの愛を求めるのは……」と書いた四日後には、

　　君想いわびしささそう冬の月

と切なく吟じた。その翌日、九日には、「しとしと降る／冬の雨／ぼくはお使い／ビンのお酒が／チャブチャブ」「君想い／さびしくなる／冬の雨の夜」と子供らしさを滲ませる詩を書いたりもしている。

そうか後に、学生歌人岸上大作の名を高めることになる「恋と革命」への思慕は、中学生時代から培われてきたのであったのか。

だが、十月二十五日。この記述に私はたじろぐ……。

「……こんなことが起ったのには（遠い未来には起り得る可能性はあるのだがこんなに早く起ろうとは考えていなかった）全くおどろいた。」に、この文面が続く。

ぼくは昨夜祖父に殺されるかと思った。だからぼくは一所県命《ママ》ににげた。のどがからからした。

あちこちを歩き回った。しかし朝考えてみると馬鹿らしかった。ぼくにはなにも関係のないことだ。……今朝母さんが大門で家へ帰れと云われた時始めはおそろしかったが、だんだんと家を出たことが馬鹿らしくなって帰る決心がついた。それでも帰ったら殺されてしまうかと思った。しかしそんなことはなかった。むしろいつもよりやさしいようだった。祖父はぼくが母から離れて、祖父の方についたと思っているのだろうか。今日一日の口ぶりではそう思えた。ぼくはそんなことなんか少しも考えていない。

母の男との交際が、祖父に露見したのであろうか。ともかく日々のいがみ合いが頂点に達し、祖父は大声をあげて母を罵倒し手をあげたのであろう。

怒りは母を護ろうとした大作に及び、家を飛び出した大作は母と共に必死に逃げた。家を追われた母子が行き着いた先は、大門の親戚の家であった。一夜が明けて母を残し家に帰った大作は、登校しその日の夜、日記に向かったのだ。

こんな問題が起こったのは母も悪いし、祖父も悪い。しかし祖父の方が余計悪い。母がどうしようと勝手である。それなのに古い考えで母が男の人と遊ぶと怒る。何故悪いのか。戦争によって父を失った母として当然すべきことだ。……

祖父はこのごろきちがいのようだ。この問題の大きな責任は祖父にある。しかしそれより大きな責任者はある。それは戦争だ。戦争さえなかったらこんなことにはならない、父さんさえおられたら……

ぼくはこの問題がどう解決がつくかわからない。もし母が二度と帰らぬようになるかも知れない。そうなったらぼくも母と一緒に出る。


「そうなったらぼくも母と一緒に出る。」少年岸上大作の、初めてする決意表明、意志表示であった。

十月二十六日、岸上はこう日記に綴った。「母はともかく帰られた。しかし、これからどうなるかはわからない。祖父の感情が又たかぶってきたら母が殺されてしまわれるかも知れない。」

祖父、母、すべて目上の人には敬語をもって日記を綴る少年であった。

十一月二十四日。祖父は、大阪の息子夫婦にこの件で相談に行く。

十二月十三日には、「石をもて追はるるごとく／ふるさとを出でしかなしみ／消ゆる時なし」「はたらけど／はたらけど猶《なほ》わが生活《くらし》／楽にならざりし／ぢつと手を見る」の二首を引き、「ぼくは石川啄木が好きになった」。自身の生活からくる実感が、この二首にはあったのであろう。

「ぼくは啄木のようになりたい」

十二月二十六日には、「冬休みうんと小説を読んでやろうと思う。石川達三の「青色革命」椎名麟三「自由の彼方で」「冬の日に」「つながれた犬」正宗白鳥「根無し草」「日本脱出」等だ。」

向学、そして苦悩に満ちた幼い日々の来歴は、まだまだ続いてゆく。

3

中学に入ってから三冊目の日記が書き始められた。丸背上製の赤表紙。中学生のもの（四月、高校入学）としては二集共々、贅沢。母親の心尽しか。

書き始めの一月十一日左脇「特別事項」覧には、「ネール首相、五月ごろ訪ソ」「全労両社統一に反対」。そして本文に、「母の手」と題するこの詩。

火鉢にかざした母の手は、
使い古した道具だ。
子供のように小さくて、

つるつる光っている。

戦争で父を喪った「息子」と、戦争で夫を喪った「妻」と、戦争で息子を喪った「父」との三人が、必死にあげる激しい息遣いに圧倒される思いで日記の頁を読み進めていった。

三月三十日、何があったのだ。

「母といっしょにいると母がよくって祖父が悪く想えるし、祖父といっしょにいればどちらも悪く想へる。そして自分ひとりになって考へるとどちらも悪い。しかしそれもはっきりとはしない。何故ならば根本になる問題についてのぼくの考えが決まって居ないからだ」の、冷静な自己省察。十五歳の少年には、持ち上げることができない荷の重たさだ。

そして、こう続くのだ。

根本問題は母が男を持つと云うことだ。これが祖父との争いを起こす。しかしぼくはそのことについては日記に少しも書かなかった。考えたことは考えたが、それを書くことがなんだか悪いことのように思えた。しかしそれを考えなければならないのだ。

「白湯」が、濁りを溜めている原因はそれであった。それを、直截に散文で述べるのではなく、韻文に託していたのであったのか。自身の日記であるから、「悪いこと」などではない、はっきりと書いてしまえばよいではないか。いや、そうではない。認めたくはないという心の葛藤が、書くことをためらわさせたのであろう。

祖父にすれば、息子の嫁であると同時に、家長である岸上家の嫁でもあるのだ。それに、日記の息遣いからすると、祖父は母に関係を迫ったことがあった、そんな気配さえ窺われる。

「こんな毎日毎日争っていてはやりきれないではないか。考えずにいられないではないか。」、必死の、抗議の声ではある。

「母が生活の為に男を持つと云うなればぼくは許されないことだと思う。それなら大阪から金を送ってもらった方がどれだけよいかわからない。」

これに続く文面は、どうやら大作少年は、この男から、高校進学のための鞄を買ってもらったり、母と共に食事の御馳走になっていたようだ。「大阪」というのは、祖父勇次郎の長男で、大作からは伯父にあたる。大阪で手広く薬局を開業している人。この長男からは、祖父へ小遣いが送られてくるようである。長男としては至極、あたりまえのことであろう。岸上母子には、一番重たい存在である。

しかし今ぼくはそんならやめてくれと云うことができない。何故だか理由は分からないが云えない。それが祖父の云われる、母にとり込まれているのであろうか。それもわからない。

女としての母への労りの情が、早くも大作には芽生えていたのであろう。だが、それを言葉にすることはできない。この頃までに彼は、小説などを通して、男女の機微や感情、複雑な人間の性《さが》にも学習は及んでいたはずである。かくいう私も、中学時代に永井荷風や正宗白鳥、谷崎潤一郎を読んだ覚えがあり、大人の世界への扉の前に、はにかみながら佇んでいた。日記は、続く。

「又、母が戦争で父を失った為に他の男を求めるのであろうか。この問題についてはどうだかわからない」としながらも、「しかし、ぼくは母が男を持たれると云うことはいやだ。何かきたないように思える」と本心を明らかにしている。母への至純な想いと同時に、女としての母を、奪われたくはないという母をみる男の意識が働いていたのかもしれない。

姫路へ行った時のことを思うとぞっとする。きらいだと思っていても、それを母に云われない。だからやはり何も考えないのが一番よいのかも知れない。

母は、舅に怪しまれないため息子の買物を出しにして、姫路での逢引きをかさねたのかも知れない。本心を呑み込まなければならない十五歳の岸上がいた。

4

歌集『意志表示』中の、これらの作品がにわかにリアリティーをもってくる。

喰うための母の不貞と知るゆえに少年期暗らかりき父逝きしより

うつむきて言う祖父の愚痴つねにあり少年の日の家を憎みき　（「雪ケ谷周辺」）

右は、昭和三十三年四月、國學院大學入学。大田区雪ケ谷に下宿した十八歳の作。しかしやがて、母への想いは、「不貞」や「祖父」などの負のイメージを打ち消してゆく。夫を戦争で喪い、舅に仕え、油に汚れながら労働。二人の子供を育て上げた母への想いは深い。

風に舞う蝶の鱗粉と母たちとしいたげられて美しかりき　（「断谷」）

「断谷」は、岸上の造語である。これを指摘してくれたのは、姫路文学館竹廣裕子学芸員、日記などを書き写している時であった。なるほど、と唸った。

「断絶」「断裁」「断罪」「断絶」の「断」には、「断雲」「断橋」「断岸」「断崖」はあっても、「断谷」はない。

そして、思う。大学入学の十八歳にして、すでにこのような作品をなしていたのか。私は、幾度となく『意志表示』を読み、書いてもきたが、この「母」を視座に置いては、読みはしてこなかったのだろう。「しいたげられて美しかりき」という発想に、岸上大作の負ってきた心の来歴を思う。

次いで、「風の表情」八首は、やはり大学入学時のこの年に作られた。推敲に推敲を重ねたのであろう。高校生時代の作「ポケットに青きリンゴをしのばせつ母待つと早春の駅に佇ちいつ」「かがまりてこんろに青き火をおこす母と二人の夢作るため」等に通じる愛があり、信頼があり、安らぎがある。

「病む母」を主題に、「風」と「坂」を題材にした連作の手並みに嘆息する。

母の言葉風が運びて来るに似て桐の葉ひとつひとつを翻《かえ》す
病む母の背に似ていしが崩れつつ坂の上へと流れ来し雲
灯すだけの安らぎ街に満つ夕母病むと風は坂に伝え来

坂多き街に一日《ひとひ》を吹きて来てすでに湿りを奪われし風
母にやるわれの言葉を運ばんに風はあまりに乾きていたり
坂はすでに影を映さぬ時刻にて母はあまりに遠くに病めり
風はすぐゆくえ知られず去りしゆえ残されて母の病は重し
ある時は母の言葉をはなちつつ坂を転がる風の表情

しかし、母はほどなく、「愛」の対象から「女」「母」という文学的主題として対象化されてゆく。以下はやはり、大学に入学したこの年の作。「四角い空」と題されている。全集版収録十九首から取る。

戦死公報・父の名に誤字ひとつ　母にはじめてその無名の死
骨片のその白い軽さのように測りてならぬ母の敗戦
白い墓標〈母の裡にも〉雨に濡れてよりずっしりと戦後
その背後〈家〉負うことば母の愛ある時つねに放れて　淫乱
愛などにもはや哭き得ぬ母の裡荒野ありそこ耕やさん　誰
梁・母の背曲げるまで矮く〈厨〉祖父が咳する部屋隣りあい

発芽する馬鈴薯祖父には蔵されて〈厨〉そこだけ母の領域
めじろの瞳祖父に飼われて湿りやすくつねに映せり戦後の家を
母と祖父襖隔てて睡りもつともに貧しく夢育てつつ

夫の「戦死公報」を受けてからの「家」を負い生きてきた母の戦後が、あからさまに歌われている。これまでの祈りに似た母への想い、すなわち辛い労働を負って家を切り盛りし子を育てるという視点ではない。「放たれて　淫乱」あるいは、「そこ（母の荒野）耕さん　誰」といった視点からである。

その母を常に監視し、狙うのは母の「義父」である祖父の存在である。

いやその責は、「祖父」ばかりにあるのではない。母の内奥にある。中学三年にして少年は、それを鋭く看破した。

「母」を捨象した「女」としての母の存在だ。祖父以外の、ものへ向かって育まれゆく期待。それはほどなく、小説「姫路」へと発展していった。


たわやすく哭く様ひとに見せてよりその泪死とかかわりあらぬ

集中、この一首が格調高く、後に書かれる相聞歌に似て際立っているのはそのためである。戦争未亡人である母を、厳しく突き放した一首と言おう。

とまれ、大学に入学、国学院短歌会での活動で切磋琢磨した短歌の技巧と、学習で獲得した現代短歌の方法は、母を「棄民」する論理として、成長してゆくのである。

だが、いまだ本論は、中学三年時に差し掛かったままだ。

5

再び、話は前後する。

昭和二十八年十一月二十五日付「毎日新聞」朝刊第二面「読者の会議室」に、大作の一文が掲載された。十四字十七行五段組の大きなコラムで、タイトルは「戦犯送還を機にソ連と講和を」。標題下には「岸上大作」の名、その要所を書き写すこととする。

「この度の在ソ日本人戦犯送還は、我々日本国民にとって大変よろこばしいことである」の書出し、本論に入る。

今年は中共からの帰還もあり「鉄のカーテン」「竹のカーテン」内にあるといわれる国々は、わが国に対して以前よりもだいぶ友好的な態度を示した。またフィリッピンも、わが国の戦犯を釈放し、これもまたいままでとは大分ちがって、友好的態度を示した。（……中略）しかし、ソ連、中共などはまだほんとうによい態度を示しているとはいえない。（……中略）僕はこれを機会にソ連や中共との真の友好を取りもどし、講和を結ばなければならないと思う。

十五歳になったばかりの中学二年生が、ソ連、中国との講和条約の早期締結を、真剣に訴えているのである。政木教諭からの影響もさることながら、大作は、新聞「社説」などにも日々、目を配っていたのであろう。……「鉄のカーテン」は、西欧資本主義国からの自己防衛のため、社会主義国のソ連・東欧諸国が障壁を作っている意。第二次世界大戦で指導力を発揮した英国首相チャーチルが、終戦の翌春演説中に皮肉って使った。「竹のカーテン」「鉄のカーテン」を捩って、中共・中国のそれ。

わが国は、終戦と同時に、アメリカの占領におかれた。そして、昭和二十六年に世界諸国と講和を結んだときは、もうソ連陣営に対抗して、アメリカ陣営の中に入っていた。警察予備隊をつくったのも、共産陣営にそなえるためである。そして、アメリカと講和を結ぶと、同時に日米安保条約を結んだ。このときわが国の共産陣営との対抗は完全になった。

十五歳の少年が、「我々日本国民」と言い、「わが国」と呼ぶ。政木教諭との日々の談話の中から、世界情勢、日本の情勢等多くを学びとったのであろう。

昭和二十六年、前年勃発した朝鮮戦争は、日本の経済を一変させた。米国の緊急物資調達の要請に応え、日本は米軍の前線基地としての、兵站・補給基地の役割を付加されたのである。この間、米国は、ソ連との協議を破棄し、日本との講和を早期に実現する方針を固めた。国内では、前年から、「全面講和」か「多数講和」か、講和の在り方をめぐり激しい議論が展開されていた。しかし、政府は、積極的に米国の方針に協力、九月八日、サンフランシスコにおいて（中国や東南アジア諸国を除外、ソ連及び社会主義国が反対する中）、講和条約は調印された。同時に、日米安全保障条約が締結され、日本は完全に、米国の極東戦略体制に組み入れられるのである。

昭和二十七年、講和条約が発効。しかし二月、調印された日米行政協定は、日本の独立とは裏腹に、日本の主権を侵すことが判明。五月一日、皇居前広場メーデー事件（血のメーデー）、事実上の占領体制の継続に、民衆の怒りが爆発。重軽傷者二千、デモ隊二人が射殺された。八月、広島原爆の写真が公開され、戦争の悲惨が人々の意識に蘇った。しかし、警察予備隊は保安隊に改組、再軍備強化の方向をたどる。そして、大作少年が新聞に投稿した昭和二十八年。

朝鮮戦争による特需は衰退。休戦協定は、不況をさらに深刻化させた。

シベリア引揚再開、岸上はソ連との友好を訴え、その方法を提示する。

話し合いを始めるキッカケは、むずかしくない。一番よい方法としては、戦犯送還に努力してくれたソ連赤十字社に頼むことである。（……中略）なぜ政府はアメリカだけでなくソ連や中共にもっと友好的にならないのか。これは一中学生だけの意見だけではなく国民の中にも同じ意見が多いと思う。そして速やかにソ連と話し合いを進めることを望む。（兵庫県中学二年生）

中学二年生、十四歳になったばかりの岸上がいかに政治に関心をもっていたかがうかがわれる。その反米親ソ的な内容が校内でも話題になったという。職員室の仰天ぶりがうかがわれる。敗戦時、海外在留軍属数は三五三万人。一般人三〇〇万人、併せて六五〇万人もの日本人が海外で終戦を迎えた。内「戦犯」としてシベリアに抑留された日本人捕虜の総数は、七十七万六千人を超えた。

ラジオからは連日、戦争で離れ離れになった人々を探す「尋ね人」が放送されていた。海外からの引揚者、シベリア抑留者、兵隊仲間。友人、知人、戦友、知り合い、空襲で行方不明となった家族や知人たち。依頼人が探し求める人々は、多岐にわたった。新聞を広げ、ラジオ放送に耳を傾ける十四歳の少年が見える。

十二月一日、シベリア引揚再開。八一一人が、興安丸で舞鶴に入港。奄美大島日本復帰。しかし、沖縄、小笠原は依然として米軍の手の中におかれていた。翌二十九年四月、三年生に進級した大作は、生徒会書記長になり、学級誌「あけぼの」を編集。この年の三月、アメリカ、ビキニ海域において水爆実験。第五福竜丸が放射能を浴び被災、無線長久保山愛吉死去。原水爆反対の署名運動が全国に広がり、憲法擁護国民連合の運動も加速してゆく。十二月、サンフランシスコ条約の立役者吉田内閣総辞職。

翌三十年三月（十五歳）、大作少年は、中学校卒業式で生徒会の発展に尽力した功により、特別賞を受ける。

極度の内気ではにかみ屋でありながら、これだ、と思うことには、執拗に食い下がり、積極的な行動にさえ打ってでる気質は、中学時代に培われていったものであろう。岸上大作は、すでに中学生の時代に、日米安保条約反対の意志表示をしていた。

少年

1

昭和三十年四月、兵庫県立福崎高等学校に入学。高校生時代の日記は、四月八日、「福崎高校昭和三十年度（第十回）入学式」から開始。以後卒業までの三年間近く書きつがれることとなる。小説「半年」を書き始める。

十五日には、「小説なんか書くにはもっと考えが深まらねば」と、小説執筆への反省がみられ、「クラブ活動は文芸部に入って詩の研究でもやろう」とある。

「外はシトシトと降る春雨である。／しかし、屋根のトタンに当る春雨の音はかたい。」に始まる詩「春の夜」が記されている。日記帳が創作ノートの役割を果たしてもいる。

裸電球が天井からただ一つ暗く照らしている。
部屋のすみにはボロのはみ出した針箱がある、

よごれた服がだらしなく積みかさねられている。
ぼくの前には古ぼけたラジオがある。
綿のはみ出した座ぶとんと借物の文学書がある。
時計もケチケチと横で言っている。
母と妹はポカンと口をあけて寝ている。
ぼくは寝間で腹ばいになって日記を書いている。
さみしい！

天井から吊された裸電球に照らし出された敗戦から十年を迎えた一地方の、貧しい家庭の一風景である。いや、都市部をふくめた大半の家の生活風景であろう。この風景なら、私も体験している。居間は母の仕事場でもあった。縄綯いの仕事から帰り、遅い夕食の後片付けを済ませ疲れた口を開けて眠る母、その傍らで腹這い日記を記す大作。

四月十九日、文芸部に入部。後に東京で生活を共にすることとなる雲丹亀剛らと知り合う。五月一日、小説「半年」十五枚脱稿。

「俺は孤独だ／俺は淋しい／俺は温かい恋人が欲しい」の石坂洋次郎「若い人」の一節を詞書にした、

母子家庭で暮らす中学生の初恋談で、粗雑の感はまぬがれないが、「でも、結局は彼は心の弱い男なのでした」と自身を分析し、母の労苦をこう綴っている。

「ぼくは高校入試にすべるかもしれない。ぼくに人生の総ての望みを諾《ママ》して、それこそ朝から晩まで、弱い体を精神力のみで、むち打って働く母……」「母の手は、よく使い、否もう使いすぎて」「油まみれで、ツルツルに光っている。ぼくは親不孝だ」

　母の手の描写をなした大作は、三年後の春、東京大田区雪が谷の下宿でこの一首をなす。


　　皺のばし送られし紙幣夜となればマシン油しみし母の手匂う

　この稚《おさな》い小説の描写の中に、岸上大作が東京で決断する選びのすべてが収まってしまっている。すなわち、「油まみれで」働く「母」と、小説「姫路」に登場する恋する少女「白百合の君」との対比という構図である。

　五月十日には、「生徒会」「執行委員」立候補の意欲を燃やし、三日後には、修学旅行の中小生ふくむ一六八人もの死者を出した宇高連絡船「紫雲丸」衝突事件の責任問題を追及。中学時代からの社会への関心は深まってゆく。この頃から短歌を書き始め、六月になると小説「姫路」を書き始める。六月六日の日記には、「ぼくは先生で終りたくない。詩人か歌人か作家になりたい」とある。ながく教師への夢を懐いていたのであろう。

六月十七日、「姫路」三十五枚を脱稿。書出しを引く。

「次は姫路ー次はひめじー」と云う声に送られて、英賀保《アガホ》と言う小さな田舎駅を出た。この頃になって一時やんでいた雨は又降り出して来た。私は窓をしめて窓外の景色を眺めた。右手には、風光明媚で名高い瀬戸内海の眺めが、左手には、狭い播磨平野と播州の山々が見られた。田圃はもう麦刈はすんで、田植を初めたところである。そぼ降る雨の中で、昔風な蓑笠をつけた農夫が、一本一本苗を植えている。

推敲に推敲を重ねたのであろう。情景情緒共に要を得ている。

「姫路」に登場する母は、倉敷の大地主の美貌の娘。スケッチのお供を命じられた小作の息子と恋に落ちる。が、母は他家に嫁ぎ、「私」が生まれてからも秘かに交際。中学の修学旅行で私は上京、声をかけられた相手は、幼年時に会った母の恋人で、いまは流行作家。帰宅した私に、母はすべてを告白。「姫路」というタイトルは、母が父との結婚式の夜、東京で大学生となった恋人と落ち合い、連れ戻された場所によるものであろう。

岸上大作の大学時代の親友で、岸上死後を歌集刊行、年譜作成、資料収集、母まさゑとの交流等、一生を岸上に寄り添い研究を続けた高瀬隆和は、その書『岸上大作の歌』（雁書館、二〇〇四年）でこう論究する。

「母の回想という形をとりながら、一人の女性の成就せぬ恋、結婚後も忘れられず続く許されぬ恋、戦争で夫を失った女性の生き方等を描き、ある面では、彼の家庭環境をそのまま物語にしている。主人公の父の戦地が中国、しかも戦病死で、年月日も一致、また酒好きの父、祖父の存在、若かりし頃、美しかった母、文学少年の主人公等」と指摘し、さらに「農地改革で没落する地主、農地改革で成金となり力をもつ小作、戦後の農村の社会情勢を描き、情報の少ない当時の社会にあって、十五歳とは思えない大人びた、精神年齢の高さを感じる」。

岸上は、「姫路」執筆中に文壇の大御所丹羽文雄に手紙を書き送り、「才能がなくてもよい。いそがずに書きなさい、と書いてある」「どんどん小説を書いて氏に送ろう」（六月十六日）と日記に記し、「姫路」脱稿と同時に送り届け、その返信を待ちわびていたが、着信は四ヶ月ほど後の十月二十日。

この間、岸上は、小説を断念。家庭科の教師山下静香から短歌ジャーナル誌「短歌」「短歌研究」を借りて読む。七月、窪田章一郎が主宰する短歌結社「まひる野」に入会。「まひる野」には、武川忠一、岩田正、馬場あき子、篠弘などがいた。この頃から、「高校時代」（土岐善麿選）「高校コース」（宮柊二選）「若人」（窪田章一郎選）などに短歌の投稿を始める。

岸上大作は、本格的に短歌を書き始めることになるのだ。

2

とまれ、『岸上大作全集』（思潮社、一九七〇年）をテキストに、高校一年（昭和三十年七月）から高校三年（昭和三十三年一月）までの作品を集めた「高校時代」から、制作順に作品を引きつつ、少年岸上大作を呼び寄せてみたいと思う。

高校一年の作は、「奨学生に採用せしとの報聞きて頭下げつつ事務室を出ず」の一首から始まる。

いまのいま奨学生となり部屋を出でつつ喜ぶ母の顔浮びたり

少年岸上大作の原基は、ここにある。母の労苦を知る息子であった。

中学校教育の基礎の上に新制の高等学校（修業年限三年）が、設立されたのは、昭和二十三年四月一日。

岸上の時代、高校進学率は五十パーセント。母子家庭において、奨学金の意味合いは大きい。十五歳の歌を引く。

主役者の抜けし舞台とＮＨＫは解説しており徳田救一死す

貧しい家庭を必死に切り盛りする母を想う少年は、同時に、社会のひずみに深い関心を懐いてゆく。「徳田球一死す」がそれだ。徳田は、日本共産党の結成（大正十一年）に参画した社会運動家で、小学生の私も知っていた。在獄は十八年に及び、敗戦後出獄。党を再建、指導。代議士活動中に公職追放の処分により、地下に潜行。亡命先の中国で客死していた。

徳田球一の死を解説した「ＮＨＫ」は、テレビ放送のそれではない、ラジオである。

ＮＨＫ東京テレビ局が、本放送を開始したのは、この年二十八年二月。次いで八月、日本テレビが、初の民間放送テレビ局として開局した。新しいマスメディアの登場は、たちまち大衆の間に浸透、相撲やプロレスの実況中継を見ようと、人々は街頭テレビに殺到した。開局二年後の三十年七月十八日の岸上の日記に、「力道山」の名があり「日下の電気屋でみんなで押し合いをしてみたプロレス（昨夏）」の記述がある。東京もまた然り、プロレス中継の昼や夜は、電気屋の前は人だかりでいつもごった返していた。
したがって、一般家庭の主要メディアは、依然としてラジオであった。

一寸も軍国主義を疑わずお国の為と戦いし父
おろかなる己が半生顧みず現実に生きよとひたに説く母

皇国の勝利を信じ、戦争の真相を知ることなく疑わず出征した父への、過去を宿命と位置づけ理想を拒否する母への批判だ。「ざわめきの掲示板にわが名くっきりと書かれおり生徒会書記長として」高校一年の大作は、生徒会書記長となる。

砂川の録音聞きつ声高く妹と和す「民独」のうた
農民の決死の争いが墳墓の地を守れと叫ぶ火のような口調
日本人同志なぐり合う砂川の町を超低空のゴウ音響く

昭和三十年五月、都下砂川町で立川基地拡張反対総決起大会が開催され、砂川闘争が始まる。町議会が反対声明を出し政府と激しく対立した。九月十三日測量を強行。砂川町に二〇〇〇人の警官隊が出動。農民は半鐘を叩き、実力で抵抗、警官双方に負傷者を出す。その後、警官隊の大量出動で、抵抗は廃除され、反対同盟、支援団体の労組は涙をのんで実力闘争中止の指令を出した。

大作は、ラジオに耳を傾け、闘う農民たちが歌う「民族独立行動隊の歌」を妹と共に和した。私が、学生であった一九六〇年代までは、民生学生諸君に受け継がれていた。作詞は、作家で国鉄労働者でもあった山岸一章は、この歌の詩（「民族の自由を守れ／けっきせよ　祖国の労働者／栄えある革命の伝統を守れ／血潮には正義の血潮もて叩き出せ／民族の敵　国を売る犬どもを／進め進め　団結かたく／民族独立行動隊／前へ　前へ　進め」）を、レッドパージを反対すべく赤旗を持って工場の煙突に登り、煙突の上で書いた、という逸話が残る。

思い起こして、あの頃の私たち小中高校生は社会的事件にも敏感であった。子供もまた戦争の体現者であったのだ。私の周りにも、戦争で父を亡くした子はずいぶんといた。いまだテレビは普及していなかったから、農民の「火のような口調」を映画のニュースかラジオの録音で見聞きしたのであろう。

十月二十一日、大作は十六歳の誕生日を迎える。

偉大なる君が足跡消えてその後も平和の足跡永久に消すまじ

この作には、「大山郁夫氏死去に」の注がある。大山は、兵庫県赤穂生まれの政治家。早大教授の職を追われ、大正デモクラシーを唱道。社会主義者となり、労働農民党委員長となり「輝ける委員長」の愛称を受ける。戦時下アメリカへ亡命、戦後帰国、参議院当選。二十六年十二月、スターリン国際平和賞を受賞。高校一年生は、徳田球一次いで大山郁夫を哀悼、「平和の足跡永久に消すまじ」と嘆息するのである。

オデン屋のコンブ拾って糧にする人等に冷たき師走の風は

新聞記事、あるいは映画のニュースの一齣を、歌ったものであろう。歌いっぷりが、妙に手だれている。昭和三十年この年、生産・流通の水準は戦前のそれに回復、それを凌ぐ勢いで独占資本の体制は、保守政党に対する影響力をつよめ、政界との密着の態勢は整えられてゆくのである。既成のモラルへの挑戦、石原慎太郎『太陽の季節』が芥川賞を受賞、二十五万部を売るベストセラーへ。森永ヒ素ミルク事件、原子力研究体制が成ったのもこの年であった。

3

年が改まり、昭和三十一、一九五六年。岸上は、日記巻頭に、「年頭所感」を記した。「今年も又、自分は新年に当りて「戦争はやめろ」「貧乏人をなくせ」「従属国から真の独立へ」「真の人間平等」を決まり文句のお題目の如く、叫ばなければならない。」

逃げ場のない長文の決意表明ではある。この凝り固まった「……なければならない」の決まり文句が、さらなる目標へと自らを吊り上げ、退路を遠ざけてゆくのである。それは、まだ見ぬ、まだ会ってもいない「女」に、対してもそうだ。いや、そうなってゆくのである

前年、三十年「九月十一日」十五歳の日記に、この記述がある。

本当に心の底から愛するような人。そんな女は出てこないものか。ぼくは恋人が欲しいんだ。何の為か。ぼくはわからない。何であるか。それが単に女の肉体を求める手段に過ぎぬかも知れない。本当にそうかも知れない。しかしはっきりわからない。もっと高等な心を持っているかもしれない。何はともあれ恋人が欲しいのだ。いつも心を去らない女。そんな女をぼくは知らない。

この心の逡巡は何か。この心のたゆたいは何か。そしてやがて、「高等な心」の鋳型がつくられてゆく。その鋳型に、現実の人格をもった女を溶かし注入しようとして生じる破綻……。

本年の「経済白書」は、「もはや戦後ではない」と述べ、資本主義体制は完全に立ち直った。「戦後ではない」といいながら、沖縄では米軍の基地拡張が進められ、返還の見通しはつかず、戦争の傷痕はいたるところに残されたままであった。水俣に「奇病」が発生、三十六人が死亡した。経済復興は、生産力の上昇にともなう社会問題を生み出した。

売春防止法の成立、日ソ国交回復、国連加盟が可決……。

だが、家は貧しいままであった。

残業の手当てに母がもらい来し十円のパンにつけるわらくず

母は、自身の空腹を堪え子のために、コッペパンを持ち帰る。子は、パンについた藁屑を見逃さない。母の労苦を知る少年であった。

そう、あの懐かしい紡錘形のやわらかな塊は、十円であった。戦後の乏しい食糧事情の主役といってもいい。「食パン」の響きと共に忘れられない響きをもつ。

かつぎ屋すら皮靴はけるにと言う母のやせし肩から視線《め》を外らしたり

「担ぎ屋」は、米、野菜、魚などを生産地から担いで来て売る人。特に戦後、闇物資を運んできて売った人を指す。「闇屋」という響きも忘れられない。どうやら戦後風俗のオンパレードになりそうだが、傷痍軍人の姿が町から消えていった時代以後に生まれた人には必要な解説であろう。

4

ツルゲーネフの「初恋」読みつつ餅焼けり遠くかすかに夜汽車の響

十六歳の少年は、ロシアの作家ツルゲーネフ（一八一八～八三年）『父と子』に感動。ロシア文学に興味を抱くようになる。『父と子』は、古い貴族的文化と、新しい民主的文化の思想的対立を描き、新しい時代の曙光を見出そうとした作品。主人公バザーロフに「ニヒリスト」なる新語を用い、その語源となった。「父と子」という標題は、父を知らぬ少年にとって切実にして、永遠のテーマとなったことであろう。この夜、餅を焼きながら大作は、ロシアの雪の中を走り去る夜汽車を夢想していた。同時に、大作は、自身の境遇と照らし、中学卒業と同時に働きに出た同級生たちのことを忘れてはいない。

あいさつも上手になりて精米所丁稚の友が配達に来る

いまの大学生の多くは、「丁稚」なる語を知らないかもしれない。「丁稚」は職人または商人の家に年季奉公をする年少者で、雑役に従事した。江戸時代から変わらぬ習わしが戦前から、岸上の少年時代までは罷り通っていた。

二月、文芸部の友人三人と「結実―青春ノート」を作り、意見を交換し合う。その宣言文が、実に格調高く、当時の地方高等学校の知的レベルの水準の高さを窺わせる。

「私達は、私達の青春の一秒一秒をより誠実に生き、しかして、明日への人間形成の努力の結実、いやまだ青き結（果）実として、このささやかな、ノートの一ページ、一ページに、文学を、ある時は恋を、書き記さんとします」「私たちの仲間は、ロマンチストあり、オプチミストあり、リアリストまたありと雑然とした集団です。しかし最後の目標とする極点――それは〝生〟の肯定により必然的に生ずる〝青春の可能〟と〝人生の意義〟を探求することにあります。私達は先ず、その第一段階として〝福崎高校にルネッサンスを！〟と叫んで、この二年間の行動の目的とします」。

「右宣言する」の後「喜郎、正康、剛、大作」の四人の名前が書き連ねてある。文責は不明だが、おそらく岸上であろう。これを書き写していて思ったことは、岸上大作が、もって生まれたロマンチストの気質をもっているということと、すこやかで前向きな性格に、本来は恵まれていた、ということである。

三木清崇拝者あり啄木の讃美者ありて議論はやまず

文芸部の仲間たちとの部活の一齣であろうか。この時代の、いや福崎高校文芸部のと言おう、知的意識の高さに驚嘆する。

三木清（一八九七〜一九四五年）は、兵庫県揖保郡（後の龍野市）出身の哲学者。いわば同郷といっていいだろう。人間学的立場からマルクス主義哲学を研究。『パスカルに於ける人間の研究』『哲学ノート』は、戦前の青年たちに多く読まれた。ファシズム、軍国主義に抗して新たなるヒューマニズムを主張。戦争末期、共産党員舎匿の廉《かど》で逮捕され、敗戦の翌月獄死、いまだ四十八歳であった。死後刊行の『人生論ノート』は終戦直後のベストセラーになった。

石川啄木（一八八六〜一九一二）の説明は不要であろう。歌人の面からは、社会思想にめざめ、短歌の革新を目指し、口語をまじえた三行書きで、明治末年の時代の生活感情を歌った（『一握の砂』）、貧困病苦の中で時代を凝視した歌集『悲しき玩具』が死後刊行された。高校生の岸上に多大な影響を与えた寺山修司が、そうであったように大作も、啄木歌集から多くを学び模倣した。

以下、この年昭和三十一年の作品を引く。

①モツァルトの鎮魂ミサ曲天使らがごとしウィーンの少年合唱
②母は今宵もちょうちん灯もし風呂にゆく雨ふる音やわらかきよい
③いかほどの値にならん工場裏に貧しき母娘が石炭殻拾う
④貧しくも心清かにありなんと母は縄ないを生業となす
⑤ただひとつ君につながる悔ありて春寒の夜の灯は消しがたく
⑥生計困難を理由にし授業料免除願書のわが名に印を押したり
⑦静かなる思いをささう雨の夜は柿の若葉も濡れているだろう

⑧教室に花かざられて五月の朝メンデルスゾーンの「無言歌」流れ来
⑨ひっそりと暗きほかげで夜なべする母の日も母は常のごとくに
⑩豚飼いて貧しく暮す鮮人村いちじくの葉の緑の濃さよ
⑪亡き父をこころ素直にわれは恋ういちじくうれて雨ふるみれば
⑫学徒兵の苦悶訴う手記あれど父は祖国を信じて逝けり
⑬寝押しせしズボンをはきて来し朝のペタル踏みつつ口笛鳴らす
⑭こおろぎの厨に鳴ける朝冷えて広島の被爆者またひとり死す

なんという凄まじい創作欲であろう。十六歳のこの年、全集収録歌五六七首中の百十首をなしている。そのうち結社誌、同人雑誌発表歌四十五首。捨てた作品も相当数であろうから、創作数でいえば、凡百の専門歌人を凌駕している。

①首目、ウィーン少年合唱団が初来日は昭和三十年、引続き三十一年にも来日していたのか。私は都内の私立中学校生で、神田共立講堂であったか嫌々引率させられ、美しい歌声にショックを受けた覚えがある。

②首目、内風呂は湧かさず母は近隣へもらい湯に通った「雨ふる音やわらかきよい」にほんのり色

香が漂う。母三十九歳。三首目、貧しく生きてゆく人々への共感が痛い。四首目、母を歌い続けた高校時代の岸上。この一首など、書き写していて思わず目頭が熱くなるのを覚える。

⑤首目、十六歳の少年に、こんな相聞歌があったのか。岸上大作全作品から、百八首を選した（「月光」65号）私であったが、迂闊にも見過ごしてしまった。三月、一学年を終えた春休み中の作か。「春寒の夜の灯は消しがたく」、六十五年も前の、兵庫県神崎郡在住の高校一年生の作ではある。⑥首目、戦争で働き手である父を喪くし、三人の扶養家族を抱え母の労働で成り立っている家族。「授業料免除」の条件は揃いすぎている。だが、そのことがどのように少年の胸を苛んだか。母への労りの感情と共に高校時代の短歌の主調音をなすといってもいい。この思い切った破調、しかし一息に読めば韻律に破綻はない。すでにして岸上少年は、短歌創作の韻律上の技術を美事に習得している。

この作の後、「授業料免除の願書は目を伏せてそっと手渡し職員室を出でぬ」の一首が続く。⑦首目「静かなる思いをさそう雨の夜は柿の若葉も濡れているだろ」、この歌も佳い。「濡れているなり」と文語に統一せず、「濡れているだろう」としたところに、想いを寄せる少女が見え隠れする。「柿の若葉」は、庭もしくは周辺のそれではないのかもしれない。

⑧首目、メンデルスゾーン「無言歌」の次には、「父なきゆえ進学の望み断ちしという友と歩けば語ることなく」。日本中の少年の半分しか高校へ進学できなかった時代だ。岸上大作の母が、いかに高

い理想をもって岸上を養育したか、そのためにどれほどの労苦を惜しまなかったが想像できる。私のめぐりにも父親を戦争で亡くし、丁稚奉公に出た少年や、昼は働き夜学に通う少年たちが何人もいた。⑨首目、「母の日」の母、説明は不要であろう。

⑩首目、全集収録の、岸上大作高校生時代の作二一八首の作中、植物（食材を除く）を叙景に用いた作は、わずかに十五首。いかに岸上が、人事に関心を集中させていたかが分かる。叙景として歌われている植物も、観照とはほどとおい「夏草」「稲」「芋苗」「麦の穂」など農生活に属し、残る「銀杏一葉」、「柿の木」、「柿の若葉」、「あざみ」「いちじく（無花果）」「桜の若葉」「寒黄菊」の内、一番多いのが無花果の四首、次いで柿の三首であった。

私は、戦後のわが家の庭を思い起こしていた。東京浅草、下谷一帯は空襲で焼野原となり、焼跡に小さな家が建ったのは昭和二十三年。祖母は、焦土を耕し枝豆や胡瓜、茄子、南瓜、玉蜀黍を植え、次いで母は無花果と柿の木を育てた。すべてが食物に供するものである。

「柿」の歌を引く。「枝いっぱい新芽をふくんだ柿の木の上に拡がる三月の空」、いま一首は「一つ息大きく吸えば夜の窓に柿の若葉が匂いてきたる」、そして「静かなる思いをさそう雨の夜は柿の若葉も濡れているだろ」の一首はすでに引いた。

総じて「柿の木」も「柿の若葉」も、希望、未来に相通じる。ならば、「無花果」はどうか。

十首目、「豚飼いて貧しく暮らす鮮人村いちじくの葉の緑の濃さよ」。在日朝鮮人への深い共感。残る無花果の歌を引く。昭和三十一年の作に、次の二首がある。

熟したるいちじくに雨降り晩夏の厨に母のソプラノ聞こゆ
亡き父をこころ素直にわれは恋ういちじくうれて雨ふるみれば

一首目の「晩夏」は、「おそなつ」と読むのだろう。「母のソプラノ」に寺山修司を感じないではないが、熟した無花果が、自覚的でないにしろ「性」の暗喩としてあるように思われる。二首目、父を恋うる歌には、さらに複雑な解読が必要であろう。「亡き父をこころ素直にわれは恋う　無花果熟れて雨降る見れば」としてみると、イメージは増幅するはずである。無花果は、「性」、「生」、「女」、「男」、いのちあるものの換喩となっているのである。

⑫首目の歌。戦没学徒兵の手記『きけ　わだつみのこえ』については、この頃の作「「わだつみ」の苦悶の声を読み終えて信じて逝きし父を思えり」で、すでにふれた。侵略戦争の何たるかを知らずに戦病死した父への労りの想いと同時に、反戦平和への意志を明確にした高校生岸上大作の立ち位置がある。⑬首目。今日では、「寝押し」の経験のない人々が大半であろう。父や兄、そして私が高校生で

あった昭和三十年代前半までは、敷蒲団の下にズボンを置きプレスしたものである。

さあ、皺を伸ばし折目の線をくっきりさせたズボンを佩き、颯爽とペダルを踏んで登校だ。胸を張り眉を上げ、未来へ向けて颯爽と口笛を吹いて走ってゆく若者の姿が、確かにここにはある。

そして、原爆投下から十一年、その傷跡はいまだ生々しい。広島の被爆者がまた一人死んでいった。一九五六昭和三十一年、高校一年の新春から二年生の歳晩に至る作品を書き写しながら思った。これらの作品は、戦争で父を喪い戦争未亡人となった母と共に歩む、多感な少年の、文学的にも優れた時代史的記録にもなっている。さらに岸上は、学習と創作をもって時代や社会、政治への意識を尖鋭にしていった。

5

この年の一月、文芸部機関誌「れいめい」を創刊。十一日の日記には、「総ページ数三十四頁の活版印刷だ。」とその喜びを伝えている。創刊号に岸上は、短歌十六首に、エッセー「私の生活と短歌」を発表。姫路文学館に保存されていた。高校一年、十六歳の岸上大作が公にした最初の短歌論である。「短歌は、私の芸術であり、文学であり、又唯一の宗教である。そして、又孤独な私の、無二の親友でもある。」の書出しに始まり、啄木への出会いを語っている。事実、彼の中学三年の日記を見ると、『一握の砂』の筆写の跡がみられる。その頃、窪田章一郎著『作歌の作り方、味わい方』を読み、毎日一首を作り、手帖に書き付けた。それから、三四ヶ月後、窪田が主宰する短歌結社誌「まひる野」に入会した。

「まひる野」誌を見て、これまで理解していた短歌観を改める。「そこに現代短歌の進んでいる方向を見た」のであ。論はさらに展開、京大教授桑原武夫が提唱した「第二芸術論」をあげ、短歌滅亡論に及び、「しかし歌人が短歌の新しい使命を、自覚し新しい分野を切り開いている現在歌壇の情勢から、おして短歌は決して、滅亡しない」「私も、自信を持って作歌に努めている。」と結ぶのである。

一地方の高校一年生が、文芸部の機関誌創刊に寄せた一文ではある。

その意識において早くも岸上大作は、現代短歌の第一線に歩を亙したのである。

秋になって岸上は、「れいめい」二号に、新たな企画をたてる。「高校時代」など受験雑誌の「短歌」投稿欄の常連たちに声をかけ、「招待席」をもうけようという案であった。そこには、青森高校在学中の寺山修司が、やはり高校生の雑誌の俳句投稿欄の常連に呼びかけ、高校生俳句の全国誌「牧羊人」を創刊したことに負うところが大きい。

さっそく岸上からの原稿依頼状に応じたのは、高瀬隆和であった。高瀬は福崎町にほど近い龍野高校の三年生であった。岸上の八月三十日の日記に、「高瀬隆和が短歌十二首を送ってきた」の記述がある。しかし、高瀬作品への日記での批評は手厳しい。が、野村トヨ子への期待に胸をふくらませている。野村は、群馬県渋川高校の三年生、「高校コース」八月号に、この一首を投稿。岸上を驚かせた。

暮るるまで海はゆたかに光りおりわが未来美しくひらけんと思う

後に岸上が、生涯の絶唱「美しき誤算のひとつわれのみが昂ぶりて逢い重ねしことも」をなす当の人である。高瀬隆和、二人との運命的出会いは、この時なされていたのである。

九月になって、こんな日記（九月二十二日）を書き記している。

ぼくが、どんな愛をするのか、とふっと思うことがある。人生において愛がすべてではないか？　一つの美しい、誠実な愛を完成する為の苦難――甘い感傷かも知れぬ。しかし、人生そのものが感傷なのかも知れぬ。だからぼく達は、現実的に目覚め、夢を夢に終わらせないで、夢の、感傷の詩情（庶民の詩情につながる……）を革命へのモメントにしなければならぬのだ。

ぼくは、どんな愛をするだろうか。一つの美しい、誠実な愛、ぼくが、美しく、誠実に生きんとしている課程に生まれるのだとすれば、ぼくはまだ、その課程にも達していない。その今、ぼくは愛と云うものにあこがれて、胸が高鳴る。それ故に、ぼくが一つの愛を経験するプロセスにおいて、どんなに歓喜するか分からない。愛の歓喜こそ人生の総てではないか。愛の歓喜こそ革命のモメントである。

ところで、文中にある「だからぼく達は、現実的に目覚め、夢を夢で……」の「ぼく達」とは、誰であるのか。岸上は、いまだ出会ってもいない相手を、すでに想定して「ぼく達」とさえ言い切っている。この理想の鋳型は、相手を得て始めて像をなすはずである。ところが、すべては、一方的に、性急に、「聡明で美しい女《ひと》」の鋳型は、出来上がってゆくのである。後は、この理想の鋳型に、現実の誰かを探しだし、溶解し、流し込めばいいのだ。

日記の中で岸上は、「美しい」といい「誠実」といい、「感傷」といい、そし「革命」といった。やがて、岸上は、これらのすべての想いが、歌われるべき時と所を得るのである。岸上大作の悲劇への鋳型は、この頃、すべて鋳られていたのである。

6

昭和三十二年年頭の日記は、「母の愛もあるし、友達達の愛情も感じている。しかし、ぼくはやはりこれでは淋しい。温かい恋人が欲しいのだ」に始まる。そして、二日には、自身の短歌感を、確とした口調でこう述べる。

　とにかくぼくは静かに底に燃える情熱（社会悪への正義感）を秘めて歌いつづけたい。寺山修司や塚本邦雄の短歌が明日の短歌と歌壇で持てはやされようと、働く大衆のエネルギッシュな歌声は誰が否定できよう。

一月、前年のツルゲーネフに続き、岸上は、ドストエフスキー、トルストイ、ゴーゴリ、ゴーリキイなどロシア文学を読み漁っている。文学的影響を受けてのそれであろう。一月七日の日記で、自らの作歌態度に言及し、「あまりに安易すぎはしないか」と自問。「感覚の冴えや言葉の美しさのない、泥くさいものだ。泥くさくても本当に泥くさければ良いのだが」。同郷の作家椎名麟三をとことん読み込んでのそれか。

「そして美意識の観念に欠ける。鮮烈な美しさ、表現上における内部の葛藤、そんなものはどこにも陰を宿していない。いや、これは、ぼくが、文学をサロン芸術にする心になってきたためだろうか」と、手厳しい。

ロシア文学が、岸上の文学観、短歌観を鍛え直すのだ。その根底には、中学時代からの社会の出来事への弛まぬ関心、加えるに拡大鏡なしには判読できないほどの小さな字で、ぎっしりと埋め尽くしてきた日記という表見媒体。これが世界へ向かって岸上大作を育て上げてきた根であり核である。

十五歳にして、大学短歌会に所属する尖鋭な学生のような現代短歌論を書きえたのも、そのためである。それが、岸上大作という人格を分かりにくくさせた一因であるということも付け加えておこう。とまれ、社会と人間を視座に、短歌を、現代文学として捉え返そうとしてゆくしたたかな意志といってよい。

短歌をもう、ぼくの趣味と考えるような浅いものであっちゃいかん。自分を発展させ、無限に続くいのちの一秒の瞬間をとらえてそれを自分の分身として残し、そこから人間愛を生みだし、より美しい社会建設への基盤とせねばならぬのだ。

四月、中学を卒業した妹佳世は、姫路の「やまとやしき」百貨店に就職。この月、日光、東京方面へ修学旅行。東京では、「まひる野」の窪田章一郎、武川忠一、篠弘らに会っている。これは、彼等に伍する歌人の意識が確立されていたことの証左であろう。だが、いまだ高校生の岸上は、臆することなく彼ら歌人たちと意見を交わし合うことができたのであろうか。

だが、その意識とは裏腹に、せっかく来訪し、武川忠一、篠弘らの温かな歓迎を受けておきながら、黙《だんま》りをきめこみ、武川、篠らを手こずらせるのであった。

七月には、帰省中の、高瀬隆和が、期待に胸をふくらませ岸上の家を訪ねた。岸上提案の同人誌のメンバー勧誘の報告も兼ねてである。上京中の高瀬は、ようやく手にした投稿常連高校生の住所をたよりに、同人メンバーの勧誘に力を貸していたのである。だが、そこにいた岸上大作は、「大作」という名と、手紙のイメージとはうってかわった、寡黙で気弱な高校生しかなかった。気落ちした、高瀬は、話もそこそこに福崎を後にしている。

しかし、岸上の高校の同級生で、やがて東京雪ケ谷で岸上と同宿することとなる雲丹亀剛は、高校、大学時代を通しての岸上の快活さを強調していた。港町として名高い室津でのキャンプを立案、山下駿教諭をも巻き込み実現させたのは、岸上であったという。そうだ現に、中学時代の生徒会での活動で、岸上は卒業時表彰されているではないか。高校時代も立候補して生徒会書記長で活躍しているではないか。
「ただし俺たちは、女と話すことはできなかったんだよ」と、六十年の歳月を経て雲丹亀剛は、少し口惜しそうに、しかし豪快に笑ってみせた。

7

この年、十七歳の歌を引く。この年は、受験勉強が影響してか、作品数は少ない。全集収録歌は、前年の半分の五十首。

　　ポケットに青きリンゴをしのばせて母待つと早春の駅に佇ちいつ

この歌の次の作もやはり、リンゴの歌。「母といて青きリンゴを食いしとき血のにじみたる歯形残れり」。「リンゴ」で思い出されるのは、敗戦直後、並木路子が歌って大ヒットした「リンゴの唄」(作詞サトウハチロー／作曲万城目正)である。抜けるような青い空の下は、一面の焼け野原であった。ものごころついたばかりの私たち東京の子供は、大人たちが哀愁の想いをこめて唄う「リンゴ」の実物を見たこともなかった。希望の象徴として、赤い「リンゴ」は唄われていたのである。

岸上に「食」を歌ったものは極端に少ない、少年時代の「リンゴ」と学生時代の「パン」と「水」、そのぐらいと言っていいだろう。後者は、学生時代のつつましやかな生活として、そして前者は、母との愛を仲立ちするものとして、甘酸っぱく目に沁みるように歌われているのだ。「休み日の母は少年の面輪して青きリンゴをわれと食いいつ」

母と別れ上京してからもリンゴはこう歌われている。


リンゴ喰いて母と描きし夢のこと茶房多き街のある日は思いつ　（「雪ケ谷周辺」一九五八年）

父を知らない岸上にとってリンゴは、少年期における甘味な母との愛情を象徴する何かであったのだろう。夫を戦争で喪った母に対する夫の「代替」としておのれの「男」を無意識のうちに育てていたのかも知れない。

「茶房」という語が懐かしい。昭和三十年代の歌人たちは、「ＫＩＴＵＳＡＴＥＮ」という音が、せわしく歌いにくかったのか、「喫茶店」を「茶房（ＳＡＢＯＵ）」と歌った。

早稲田短歌会との合同歌会で、岸上大作は早稲田大学正門近くにあった「早稲田文庫〈茶房〉」に出向いている。

「罪と罰」読破せし胸ふくらませ冬休み明けし校門くぐる

御存知『罪と罰』は、一八六六年に刊行されたドストエフスキーの長編小説。貧乏学生ラスコーリニコフは、超人（非凡人）には総べてが許されるという想念に捉えられ、金貸しの老婆を殺す。しかし貧しい娼婦ソーニャの愛を感受、流刑地で再生への道を歩み始める。私が学生の頃は、「罪と罰」は学生たちの必読書でもあったが、いまはその名さえ知らない学生が多い。三年数ヶ月後には自らの命を絶つに至った岸上大作に、ドストエフスキーが与えた影響を思う。

ロンドンも霧こめていんイーデンの辞任報じいて霧ふかき朝

アンソニー・イーデン（一八九七〜一九七七）は、イギリスの保守党の政治家。スエズ動乱介入の責めを負い首相を辞任。世界への関心もさることながら、手慣れた措辞に舌を巻く。

屠殺場の土手ある川辺一列に牛繋がれて並びいる杭

ドストエフスキーが、日々の風景をより鋭くさせていたのかもしれない。

口そろえ母の餌を待つつばくろよ平和はわれの幻想ならず

鮮やかな一首。戦争や国家、母さえも相対化してしまった寺山修司には、この歌はできない。母の餌を待つ燕から、「平和」など連想さえもしない。

たたかいの傷は癒えぬと言う声とまた広島の被爆者の死と

これらの作あっての岸上大作であるのだ。寺山修司と一線を画するところで、反寺山論の基軸をなすところでもある。

この頃、岸上はゴーリキー（一八六八〜一九三六）の『母』に感動。日記（一月七日）に長文の感想を記している。「人間の母体は無論「母」である。例えば、啄木を貧苦に悩ませたのが母の無知であれば、彼を天才にしたのも、又、彼を早逝させたのも彼の母だ」は、気になる一節ではあるが、「だから、この母の偉大なエネルギーをどう云う方向に向けるかによって、」「人間の幸、不幸も定まる」も気になる。「この『母』に描かれたのは、革命の途上におけるロシアの一労働者とその母の魂の成長の記録である」と結ぶ。

翌春、上京。母に対し、次第にぞんざいになってゆくのは……、何故か。

母との関係を歌い戦後世相を代表するといっていい、社会性の高い次なる作をなしていながら……。

父の居ぬ家にもつばめ来る幸を言いつつ母と青き莢むく

この作、岸上短歌中、数少ない食材の中から莢豌豆の「莢」を登場させている。「青き莢」が「つばめ」と鮮やかな対をなし、働く母子に未来を招き寄せているのだ。

この村の生計《たつき》知らしむる芥つきず夜も流るる重き河の音

この一首から思わず私は、椎名麟三（一九一一～一九七三）『重き流れのなかに』（昭和四十七年）の、貧しい人々の生活を思い起こしていた。椎名は、旧制姫路中学校を中退(十四歳)。貧苦を舐め職を転々、日本共産党に入党、検挙。獄中、ニーチェに感動、キルケゴールに出会いキリスト教に入信。小説にはドストエフスキーの影響が顕著だ。

流れゆく芥の貧しさに目を遣り、川の音を「重き」と感じ、自らの孤独と向き合う少年の冬の歌。戦後という時代の「重き河」の流れを思った。

そして、昭和三十三、一九五八年の一月を迎え、

かがまりてこんろに青き火をおこす母と二人の夢作るため

の一首をもって高校時代三年に及ぶ短歌創作は終了する。それは、母と共に在った生活の歴史でもあったこと、そしてそれ以後のことを考えると、なんとも象徴的な一首ではある。「青き火をおこす」の「青き火」に岸上大作の感覚の冴えを感じる。

こうして、歌を書き写していて思ったことは、岸上大作が、社会事象から私事情までを、弛むことなく大らかに自在に歌っているということであった。

表現世界においては、その後の岸上を決定づける、暗くて無口な男のイメージは少ない。概《おおむね》は、朗らかに明るく、時に重たく苦しげに外界と接している。なによりも気負いがない。この期の岸上の歌には、寺山修司のような作為がないのが特徴である。弱い者、貧しい者、差別されているものに注がれる暖かな視線。岸上大作の才能は十七歳にして、一気に花開くのである。

日記には、学校、家庭、社会、友人、読書の感想、恋の悩み、性欲に至るまで赤裸に書き記されている。その底流には、想いを寄せる何人かの少女が常にある。中学時代に発した「俺は温かな恋人が欲しい」の願望は、岸上大作二十一年の生涯の流れを底深く流れる主調音のひとつとなった。

大学進学をめぐる母と祖母との対立も厳しいものであったのだろう。しかし高校三年の秋に育英会の奨学金と、兵庫県の母子資金とが、大学入学と同時に受けられる見込みが立ち、母に見守られながら岸上は受験勉強のラストスパートに邁進する。

高校時代の終わりに、この年の春、岸上が書いた「わが母校を語る」という一文を紹介する。國學院大學入学直後、教室で課題に出されて書いたものである。

母校の位置する福崎町を中心とする神崎郡は静かな田園地帯だ。南北に細長く延び、北部は中国山脈の東端に当り林業を中心とし、南部は姫路市と接し農業を主とする。この郡の真中を市川の清流が北から南へ流れ瀬戸内海へ注いでおり、季候は温暖で土地は肥沃なので米作地帯をなしている。しかし、広く開けた平野ではなく、人口密度が高いので、純農家は少なく、姫路の工場・会社等に勤めるかたわら農業を営むものが多い。この半農的あいまいさが、この地方の人の気質にもなっている。

岸上大作を育んだ故郷の風土ではある。歯切れよく鮮やかに纏め上げている。「この半農的あいまいさが、この地方の人の気質にもなっている」。

「半農的あいまいさ」。ところで、小学校時より、几帳面に日記を書き続けた岸上大作、その当人は、どうであったか。

II

聴明

1

昭和三十三年二月、岸上大作は受験のため上京。第一志望は、早稲田大学文学部、岸上が志望した国文科には、「まひる野」主宰窪田章一郎教授が在職。第一次の筆記試験は無事合格。一般的にはこの段階で合格は決定。しかし、面接の第二試験で不合格となってしまった。

その理由を私は長く、父の不在による経済的側面に加え、人の目を正視できない気弱で陰気な印象がたたったものと思っていた。しかし、そうではなかった。面接試験に遅れ、試験を逸してしまったのだ。

それにしても、周囲の反対を押し切り、母の切ない願いを背負って受験した岸上が、合格を前に遅刻で失敗した、その真意は奈辺にあったのだろうか。

しかも、第二次試験は午後からであり、すでに岸上は大学の地理にも明るいはずであった。人生の岐路に立たされ、その一つの可能性を自ら断ち切ってしまう性向（衝動）が、岸上大作のどこかに潜んでいたとしか思えない。この晴の日に向かって、父親不在の小学校、中学校、高校時代を辛苦に耐え、ひたすらに生きてきた母子であったのではなかったのか。

チャンスに怯んでしまう、好機を逸してしまう、「半農的あいまいさ」などの心理分析では理屈のつけようもない、もっと内なる衝動、自分でも説明できないなにか、悲劇へ向かって突っ走ってしまうような妄動的意志（悲劇への意志）が、この日の行動を選び取ってしまっていたのではないのか。

私には、そう思えてならない。


四月、國學院大學文学部文学科に入学。同郷の高瀬隆和の存在が、國學院を選んだ理由の一つであったのだろうか。國學院には、最盛期には八十人もの部員を数えた短歌研究会がある。大田区雪ケ谷野田方に、福崎高校の同期雲丹亀剛と下宿（当初予定していた生駒宅へは、六月二日から投宿。六畳と三畳）。「国学院短歌研究会」に入部。

上京した岸上は、高校時代に引き続き日記を再開する。大学ノートの表紙には、「命なりけり／東京日記」と記され、「四月九日（水）」から記帳が始まる。


本日より東京の人となる。しかし、俺は東京の人になることへのあこがれを持って東京に来たのではない。俺の目的は何であったか？　そのことを先ず心に銘記しなければならない。そうでなくては、唯単に游ぶために東京に憧れる不良少年と何ら異なるところがない。俺が長い間の日記の空白の後に、心新たにして書くこの日記の先ず巻頭に「本日より東京の人となる」と大切そうに記したのは、これからの生活が、故郷での十八年の生活、そして又、少年期からの訣別を意味するからである。

母の必死の応援を受けて、苦労の末に勝ち取ることが出来た大学生活である。そんな決意が漲っている。「この新しい生活を俺本来の感傷たらしめてはならない。国文学の学究として俺の道を定めるため、この四年間経済的な悪条件と闘いつつ、國學院で良い成績を残さなくてはならない」。

しかし、その翌々日の「四月十一日（金）」には……

僕には青い空のような愛が必要だ。しかし、俺は識っている。俺は一生かかったって俺を愛する女性を見つけ得ないであろうことを。なんという不幸か。恋人は青い空に浮かぶ白い雲のように俺をふんわりつつまねばならないのに。東京の女性は美しいので、俺は肉体的愛のみにゆうわくされることがあってはならない。その為にも、限りなくソウ明で美しい人が必要だ。

いまだ、会ってもいない女性に寄せる身悶えするようなこの期待は何か。しかも「僕には青い空のような愛が必要だ」と言っていながら、言ったそばからそれを打ち消す論法。それは「肉体的愛」への誘惑を否定し、「限りなくソウ明で美しい人」の必要性へと至る。

しかし俺は識っている。例えそのような女性が現われたにしても、決して僕を愛しないこと。東京の空は毎日、どんよりと曇っている。その東京の空のように、私の心は、私の愛を思うと暗くなる。愛は限りなく美しく、愛しきものであるのに——。あー。しかし、俺は勉強するだろう。否、しなければならぬ。自分自身の真実に対しても、俺を見守る周囲の人々に対しても。愛を思う心はもっと強いものでなければならぬ。

岸上は、小さな字でぎっしりとノートを埋めている。細い罫線にそって真っ直ぐ縦に一行四十字もペンを走らせている。それにしてもと、思う。この悲痛なまでの義務感と、まだ会ってもいない女に対する、この取り乱し方はなぜだ。わずか十数行に満たない文章の中で、岸上は「僕」と書き出し、「俺」と叫び、「私」と気取っている。

十八歳の岸上をして、かくまでも錯乱させた「美しく」「ソウ明（聡明）な人」への「愛」という一途な観念。この「観念」に向かって岸上は、一途に突進してゆく（まるで「ソウ明」とは、母へのアントニムであるかのように）。ほどなく、美しく聡明な少女が岸上の前に現れることとなる。

2

四月十二日、「十時半出校」「身体検査」と日記に誌す。夢に見た大学生生活の第一歩である。日記は、続く。「身体検査は学年初めに僕を最も悩ますもの。全く、俺の裸体を衆目の前にさらすのはコッケイだ。上級の女子学生がいたから、余計つらかった。ええい、ちく生！」。背は高い（一七〇センチ）岸上であったが、ひどく痩せっぽっちであることにコンプレックスを懐いていた。

四月十四日、同郷で一年先輩の高瀬隆和を、世田谷下馬の寮に訪ねる。

高瀬は、その日のことを想い起こし、岸上との出会いに至る経緯をこう記している。高瀬は、当時兵庫県立龍野高校の三年生であった。

「福崎校二年生の彼より突然手紙が来た。彼の高校の文芸誌「れいめい」に」、「受験生雑誌の短歌投稿者の作品を」「掲載したいので、ぜひ寄稿して欲しいという」。それを契機に文通が始まった。いつも短歌に対する激しい情熱と野心、寺山修司らの「荒野」のような同人誌を出そうという熱意に溢れていた。

文面からのイメージでは、岸上は「行動力と説得力に富んだ活発な人物」であった。高瀬は、「国学院大学に入学後」、「手紙による指示に従い、在京の受験雑詩の投稿者の家や下宿を」「探し廻り、同人誌勧誘を試み」た。そんな報告もあって夏休み、岸上の家を訪問するのであった。ところが、会ってみると岸上は、高瀬が「思い描いていた人物とはほど遠く、ほとんど口をきかない彼に失望」。「同人誌に対する興味も全く失せてしまっていたのであった」とはすでに記した。

この日、下馬の寮へ訪ねた岸上は、高瀬が、「荒野」のようなという岸上の案を蹴り、「国学院短歌」のメンバーを中心にした同人誌刊行を画策していることを知る。一瞬、岸上はためらったが、結局「汎」創刊に加わることとなる。メンバーは、四年生の浅見充孝を中心に、渡辺照美、山口礼子、西村尚、高瀬隆和、岸上大作、清水二三恵の「国学院短歌研究会」の七人に、社会人であった野村トヨ子が加わり八人でスタートした。浅見、渡辺、山口は短歌結社「未来」に、西村は「古今」、高瀬と岸上は「まひる野」であった。

岸上大作は、「まひる野」「国学院」に次いで同人誌「汎」という発表の場を持ったのである。全歌集中「雪ケ谷周辺」の十四首は、「某日」と題され「汎」創刊号（五月二十日刊）に発表された。五月二日、母へ手紙を書く。短歌研究会入会の報せだ。「会員も多く、大学の短歌会としては早稲田と共にその組織を誇っています。……」

3

短歌研究会に入会した岸上は、大学生としての意識も新たに短歌を作り始め、「国学院短歌」二十三号に「五月抄」七首を発表。この頃の作品は『意志表示』第二章に「雪が谷周辺」と題され収録されている。

息かけて眼鏡のガラス拭いおり朝はひとりの思惟鮮しく
口つけて水道の水飲みおりぬ母への手紙長かりし夜は
皺のばし送られし紙幣夜となればマシン油しみし母の手匂う
うつむきて言う祖父の愚痴つねにあり少年の日の家を憎みき

学生時代、私が不覚にも読み過ごしてしまった歌である。いましみじみと六十数年も前に書かれた十八歳の少年の、これらの歌が心に沁みる。眼鏡の曇りを息をかけて拭うという、人々によって日々に繰り返されるこんな動作までもが、祈りに充ちて一人の朝を鮮しくしている。蛇口の下に顔を横向け、顔を濡らしながら飲む水道の水。下宿の部屋に水道はひかれてはいなかったから、手紙のペンを置き、部屋を出て共同洗面所に行ってのそれであろう。

三首目、母は子のために働いて得た札の皺を、マシン油の沁みた手で伸ばし現金封筒にしまい込む。母の労苦と期待をしっかりと受け取る孝行息子の岸上大作。しかし、母への思いは同時に祖父を呼び起こさせずにはおかない。

六月に入り、近藤芳美、宮柊二を読む。同時にアルバイトを始める。「第二次岸内閣に関する」世論調査である。「六月十三日（金）」の日記から引く。

　俺は、南千束町の十一軒を調べることになる。十二時すぎ渋谷駅前でタヌキウドンを喰ってから六時頃まで、サンザン歩き廻る。疲れた。しかし何んとなくうれしい気もする。明日、もう三人に会わねばならぬが、これがすめば三百八十五円をもらう。早速散髪をしたい。そして堀辰雄の作品を買いたい。

学生時代、私も地図を片手に世論調査をして廻ったことがあった。相手が留守の場合は、再度足を運ばなければならない。すべての家に電話はいまだ普及されてはいなかった。得た金で岸上は、「散髪をしたい」と書き、「堀辰雄の作品を買いたい」と書く。あの頃は、「百円床（屋）」があり、岩波文庫本の星印は、一星が三十円であった。

その感慨は、さっそく短歌作品となって輪郭をあらわにしてゆく。

夜の卓に重ねておけば匂うごと紙幣は学ぶために得て来ぬ
幾枚の紙幣のための疲れにて母に告げんにあまりに小さき
はじめてを働きて得し札なれば睡りはやがてあたたかく来ん
夜の卓に灯せばひとりのものとなり学問にわく喜びばかり
食パンの皮かたきまで喰いおりつ不意に湧くものかなしみならず

アルバイトで得た金は、一万円札でも、五千円札でも、千円札でもなく、百円札なのである。ズボンのポケットに仕舞い込んだ百円札の感触は、いまでもこの手に残っている。高度成長に前後するあの時代は、百円札が大手を振った時代であった。日雇労働者を指して「にこよん」と呼んでいた。昭和二十年代半ば、職業安定所からもらう定額日給が二百四十円であったところから出た言葉である。

百円を一個とするなら、二百四十円は「二個四」である。「にこよん」、哀しい響きをもった言葉であった。

重たい足を曳きずって下宿に帰った作者は、小さな卓袱台の上に何枚かの百円札を重ねて置く。学問をするために働いて得た札である。たとえ汚れていようと、その一枚一枚は「匂うごと」くに貴いのである。この喜びを母に伝えたい。しかし私を大学に進めるために頑張り続ける母の労苦から考えれば、あまりに小さなものであるのだ。ともかくも、初めて働いて得た、学ぶための疲れであるから、睡りも暖かなものとなって疲れを癒してくれることだろう。なんという美しい情操ではないか。

中学校卒業生が「金の卵」といわれた時代だ。春ともなれば、集団就職列車は、陸続として上野駅に到着していた。高校そして、さらに大学に行ける者は、同世代の数パーセントに過ぎなかったのである。選ばれた者の責務を知るゆえに、卓に灯るあかりに万感の喜びを感じ、食パンの皮に飢えを凌ぐ自分の悲しみを、「かなしみならず」と打ち消すのである。

アルバイトの歌が書かれた六月の岸上の金銭出納簿に目を通すと、いかに岸上が食費を切りつめたかがよく分かる。この月、岸上が食費に費やした金は三千六百五十三円であるから、一日平均にすると、百二十七円七銭弱である。多分、このうち三千円ほどが、食事代として下宿に支払われているから、残りは、六百五十三円である。そのうちから、彼は食パンを買っている。食パンは、（一斤ではない）一枚売りがあった時代である。この歌では、食パンの「耳」ではない、皮が歌われている。耳を「皮」と誤用したのでないとするなら、岸上は敢えて分厚い皮の部分を求めて食したのであろう。

溢るるごとアパートの窓灯るとき手に温めてパン購い帰る

「食パン」の歌に続く一首である。

アパートの窓から溢れるごとくに灯っているのは、涙のように思われてならない。あるいは、作者の目に浮かんだ涙が、アパートの窓に灯る明かりを「溢るるごとく」と霞ませていたのかもしれない。パンを買うという小さな幸せが、窓の灯のように瞬く涙を目に点させたのかしれない。

この歌を口遊んでいると、戦後ほどない頃の食卓が思い出される。卓袱台の上には、大きな笊に盛られた素麺の山。家族は、交互に箸を譲り合うのである。他に漬物以外のおかずは一切なかった。水でこねた小麦粉を団子状に小さく握って汁に沈め煮てつくる水団も忘れがたい御馳走であった。そんな生活を知る岸上であるからこそ、人々の生活に想いを寄せながら、パンを胸に押しあてるように温めながら家路に向かうのである。この時代（敗戦後十三年目）の人々の情感を歌い得ていて切ない。

4

講義、部活動、アルバイトと時はスピーディに進行してゆく。この頃、K・S（岸上と同じ文学科）に恋心を懐く。

八月一日、野村トヨ子と、新宿の喫茶店「プランタン」で会う。野村は、群馬県渋川高校卒業後、奥田茉莉（「未来」所属の歌人）が経営する新宿の喫茶店「未来」で働いていた。岸上は手紙を書き、会う約束をとりつける。八月一日、新宿の喫茶店「プランタン」で会う。「タンカのことや、タカセのことや、二人の生活のことや。人生のことやいろんなことを話した。いつものように俺はそう話せなかったが――……」と日記にある。二人っきりで女性と会った初めての体験である。大いに自信をつけたことであろう。それにしても「プランタン」、私にとっても懐かしい名である。

野村との初デートを果たした岸上ではあったが、K・Sへの思慕は増すばかりである。夏休みを帰省せず、秋になってついに住所を知る方法を思いつく。九月二十一日の日記を引く。「○K・Sの住所を知る素晴らしい新手考えつく。明日実行の予定」「○その方法――学生課に問い合わせる。」。岸上は、新宿の全国受験研修社を名告り、「夏のアルバイトに来ていただいたおたくの学生さんに連絡したいのですが、住所を教えて下さいませんか?」というシナリオを考えつく。翌日の日記に、「〇ザマーミヤガレ。K・Sの住所がわかったぞ。」とある。

岸上の手紙攻勢が始まった。相手は、岸上の顔すら知らない。渋谷のハチ公前に呼び出したりもした。返信を期待する岸上の日記は、連日「来信なし」の記述が続く。この間も故郷の母は、岸上の無心に応え金を送り続ける。十月八日「〇母より手紙。一ヶ月前から病気。何ということだ。金六千円、送付、アリガタキカナ。」

結局、K・Sへの思慕は、この一行で断ち切られる。

十月二十四日の日記「石山和彦氏より書簡。K・Sの義兄」。


十一月六日、日記「〇母より一万円送付。オーバー代として。大変だな。これだけ、ゴソッと送るナンテ。病気の上、秋の忙しい時というのに。」「便セン一枚の手紙も同封」。母の手紙にはは、こう書かれていた。

「オーバー代ですからあまり使いこまないやうにね。貴方は無駄使いはしないと安心してはおりますが、ちょっと云っておきます。今日佳世の休みに稲こきをしました。明日にしようと思いましたが、ちょっとでも早く送ってあげようと思って田ボ《ママ》から上つて取り急ぎ書きました」「オーバー代一萬円ほど思っておりましたからこゝから小遣をつかって又たりない分はいつて来て下さい」。

十二月一日、日記「○母より五千円送付。○T・Nより葉書。待っていただけにうれしかった。ケド、葉書なんて素っ気ないな。彼女の魅力はやはり、会ってみなければ駄目だな。余計、会いたくなるなあ」。幻影のK・Sから、現実のT・Sへと大いに心は揺らめいてゆく。

T・Sへそうしたように、連日の葉書・手紙攻勢が始まる。十二月十四日「○帰るまでにT・Nに逢っておきい」、十五日「T・Nへ葉書」、十六日「T・Nとの関係を何とかしておいて、早く帰りたくなった」。

私の手にしている『もうひとつの意志表示　岸上大作日記　大学時代その死まで』（大和書房、一九七三年十二月）の日記は、「十二月十八日（木）」までしかこの年は収録されていない。

一九五九（昭和三十四）年、日記は大学ノートから「当用日記」へ移行。高校時代に引き継ぎ「新年の所感」が述べられている。「〈年間の構想〉」に、野村トヨ子への愛の現状分析が書かれている。曰く「下手に」愛を「告白してしまった」。それゆえ、彼女への愛を中心に、「内部の問題に苦しむだろう」。だが、ボクが「H・M」とか「K・S」へ〈アイ〉の幻影を感じた時とは」「およそ意味を異にしている。やはり、それだけ、ボクの〈カレ〉への〈アイ〉はより本質的に〈アイ〉に近付いたのを感じざるを得ない。愛が長い過程に育つものなのか、それとも一時的な花火のようなものなのか？　ボクの〈カレ〉への愛がプラトニックなものだけで、肉体的なものと何らかかかわりを持たないで終わるものなのだろうか？」

だが、愛は成就することはなかった。

酔いふかくその名を呼びて哭きいたりむしろトヨ子が傷つきていん

三十四年二月、この頃書かれた歌であろう。

高瀬隆和は前出『岸上大作の歌』で、こう綴っている。

「二月十四日、国学院短歌研究会の送別出で泥酔、雨の激しい日であった。渋谷駅のガード下で、泥まみれになってたおれ、Nさんの名を必死に叫んでいた岸上、その岸上をいたわり、自分の下宿に連れて帰ったのは大学院生であった西村尚であった。当時、私と西村氏は六畳一間に同居し、共同で自炊生活を送っていた。」

この日の岸上の日記によれば、「短研四年生を送る会。（於、院友会館）」の次に、出席者の名、三十四人が記され、「○惨。（泥酔）」とある。翌十五日にも「○惨。（宿酔）」翌々十六日にも「○惨。（三日酔・シケン）」とあり、かなりこたえたあとが窺える。泥酔の上、人前で哭き喚くといった無様を曝してしまった悔いは相当に深い。

二月十七日。「○どうしようもないやりきれなさばかり。」「○メガネ行方不明。」。そしてしみじみと「T・Nみたいなやつに美事にふられたりしかできぬ俺とは、情けなくなる。」「一人の女にも愛された記憶がないのは、カナシイことだ。」。この「愛された」いと思う、切なる願望!

　だが、岸上大作は挫けなかった。泥酔から六日後の二月二十日の日記には、はやくもこうある。「過去に僕が唯一人の少女の愛も受けなかったのは、たしかにオレのやり方がまずかったのだ」と、思念は「やり方」に及び、さらには、「すぎゆきは、詠嘆をさそうにすぎない。限りなく前進しよう」と、自己を激励。「T・Nはもうどうでもいい。」とさえ、言ってみせるのだ。

　この、岸上大作のしたたかな一面。T・Nへの失恋は、決定的打撃にはなってはいなかったのだ。どうやら私は、この部分を読み過ごして岸上大作と長く付き合ってきてしまっていたようだ。岸上大作は、へこたれてなどいなかった。

「機会があればもう一度でもねらってやりたい。しかし、俺はもっといけないやつだ。同時にもう一つの愛を企んでいる。北岡美和子をねらうことだ」。「俺の、女に対するコンプレックスをねじふせるためにも、計画的に彼女にぶつかってゆくのだ。一度でもいいから、愛を記憶したい」。

「必要なのは勇気だ。計画性だ」。

「彼女の中に誰かが城を築いているかも知れない。そうしたら、今度のように傷つかずに引きさがろう。」

「そして、次に短研に新しく入る一年生をねらうのだ。」

岸上大作よ、この言葉だけは聞きたくはなかった。

5

だが、この失恋の痛手は、岸上に内省の時をもたらせていたのだ。

二月二十日には、「○高校生時代の短歌作品を整理」とあり、二百首ほどを「白い墓標」「赤い靴」「処女地」などに分類・章立している。ここにエディターとしての、優れた能力をもつ岸上大作がいる。

一月に入ると、歌集の出版計画を立て、いままでの作品の整理を開始していたのだ。

大学一年、いまだ十九歳にして……。

だが、驚くことはなかったのだ。

高校入学と同時に本格的に歌作を開始、その一方、文学書を手当たり次第に読破。膨大な日記を書き、文学的修練をつんできた岸上であった。その、矜持が、そうさせたのであろう。

日記は二月二十八日の、「○発信　T・N（速達）……／○受信　母（三千円送付）・T・N」。」をもって、しばらく閉ざされる。

母からの送金は、帰省のためのものであろう。T・Nへの「速達」は、T・Nからの手紙への返信であろう。Ｔ・Ｎ、野村トヨ子への片恋は、いまだ終わってはいなかったのだ。痛手を負うと、日記を書かなくなる。それが岸上の身についた習性のひとつであった。

日記が再開されるのは帰省中の、三月三十一日。

この間、歌作の時を迎えていたのであろう。思潮社版『岸上大作全集』では「告白以後」三十四首が収録されている。國學院大學に入学して一年が経とうしていた。わずか一年の間に、岸上はいくつかの恋をし、恋を断念してもきた。上京と同時に日記に記した「ソウメ明で美しい人」という観念の鋳型のなかに、出会った少女を乱暴に流し込んでいった。相手の人格（感情）よりも、自身の観念が優先する恋が稔るはずはない。

面と向かっては、話もできないほど内気な性癖をもつ岸上ではあったが、一人机に向かうと、実に雄弁に速射砲よりも迅速に連日手紙を書き送った。この岸上の執拗さは相手に、嫌悪と同時に恐怖心を抱かせる結果となった。

そして、二月の雨が沛然と降る寒い日の夜、ガード下の泥濘に倒れこみ、濡れ鼠となって恋する女の名を叫び続ける、という無様を演じてしまうのである。告白をしよう。『意志表示』に出会った学生時代の私が、共感したのは、実にこの無様さであったのだ。私は、この無様さがいまでも好きだ。

大学の校庭、夜の往来、私にもそんな覚えは、何度かはあった。

失意の果てに不埒な計画を立てた岸上ではあったが、この失恋の痛手は、短歌作品として美しく立ち上がっていった。「告白以後」は、この一年の岸上の内面の歩みを標す座標軸といってよい。

美しき誤算のひとつわれのみが昂ぶりて逢い重ねしことも

この間の、絶唱である。まりにも無様な恋の顛末さえも「美しき誤算」と総括したところに岸上大作という男の、ロマンチシズムがある。昔日の愛誦歌として、長く私の胸の内に灯り続けた。

ポストの赤奪いて風は吹きゆけり愛書きて何失いしわれ

町中に、顔を真っ赤にして立つポストは、岸上の孤独を分け合う最も親しい友であったのだろう。その開けっ放しの口に、願いをこめた紙切れを差し入れる。ポストの赤は、赤裸な私であり、赤衣の私であり、赤面の私でもあった。

ひとときを澄む冬の溝河《どぶ》不確かにポストに落つる音吸い込みて

ポストの赤まなぶたふかく埋めゆく愛はふたたび書かぬ日のため

赤心のかぎりをつくして日々に、投げ入れてきたのではあったが……。

ひとつずつ街灯されてゆくことの負担のごとく坂に風あり

国学院短歌研究会入会一年、この間の達成といっていいだろう。十二日の日記に「○僕が本当に愛しているのはT・Nなのかもしれない。H・Mは僕にとって実験台であるのかもしれない。」

6

四月十七日、第二学年の授業開始日。「国学院短歌」編集委員になる。

この頃、国学院大学社会研究会に入会。高校時代、社会への関心を際立たせた岸上であったが、社研入会はその関心は薄れてはいなかったことの証左か。

少しく、この時代の動向にふれておこう。

サンフランシスコ平和条約が締結されたのは昭和二十六（一九五一）年九月八日。吉田茂首相は、同時に「日米安全保障条約」に署名、連合国の一国であった米国は以後、「在日米軍」となり無償で基地を使用することとなる、しかしアメリカに日本防衛の義務は果たされていないという不平等条約であった。結果、日本はアメリカの極東戦略体制の一環として組み入れられ、再軍備を促進することとなるのである。

昭和三十五（一九六〇）年は、日米安全保障条約（安保条約）改定の年に当たり岸信介首相（自由民主党）によって、昭和三十三年から改定の交渉がおこなわれていた（岸信介は、東条内閣の商工大臣。日米開戦の詔書に署名、敗戦後A級戦犯として巣鴨刑務所に服役後、政界復帰という前歴をもつ）。

安保条約改定の前年にあたる昭和三十四年三月二十八日、社会党、総評、中立労連、全日農、原水協、憲法擁護国民連合、日中国交回復会議、日本平和委員会、全国基地連、人権をまもる夫人協議会、日本農民組合連合会など一三八団体（日本共産党はオブザーバー）の呼びかけで「安保改定阻止国民会議」が代表者七百人の参加にもって結成された（於、国鉄労働会館）。全学連（全日本学生自治会総連合）は、全日本青年学生共闘会議の構成員として参加した。

さて全学連にふれる前に、岸上大作の作品に「党」として、しばしば登場する日本共産党の来歴を問うなら、大正十一（一九二二）年、コミンテルン日本支部として非合法のうちに結成された。以後激しい弾圧下、地下運動を続行。天皇制打倒、寄生地主制の廃止、農民労働者による政府樹立をスローガンとした「闘イノ歴史」があった。戦後は徳田球一らを中心に合法政党として再建されたが、占領下の平和革命路線から武装闘争路線へと大いに揺れた。一九五五（昭和三十）年、日本共産党は、第六回全国協議会（六全協）で従来の武装闘争軍事路線を極左冒険主義とし自己批判、統一戦線を基礎とする民主革命路線へと方針を転換していった。これまでの武闘から、「歌って踊って」路線が選択されたのである。

これに反旗を翻して誕生したのが日本トロッキスト聯盟、すなわち後の革命的共産主義者同盟（革共同　昭和三十二年十二月誕生）である。やがて「革マル」派、「中核」派、「第四インター」に分裂。一方、全学連で命を投げ出して闘ってきた学生党員の多くは、党の新方針を受けいれられず、昭和三十三年十二月、「共産主義者同盟」（ブント）を結成した。

「Ｂｕｎｔ」はドイツ語の「同盟」の意。六全協以前、革命的左翼は運動史上、日本共産党をおいてなかった。その一枚岩の団結を誇っていた前衛党神話が脆くも崩れ去ったのである。ここまでを語っておかないと岸上大作「意志表示」の歌の数々は理解できない。

闘わぬ党批判してきびしきに一本の煙草に涙している
指導部の弱さに触れていることばまたみずからのかかわりにして
血によりてあがないしもの育まんにああまた統一戦線をいう
〈赤旗ガ雨ヲ吸ウ今日ノ重タサニソノ闘イノ歴史ヲ識レ〉党

これから頻出することとなる岸上の短歌は、次なる「共産主義者同盟結成大会議案」と、深く連動しあうこととなるのだ。

「全国の青年同志諸君!! 我々はすぐる一年もブルジョア階級とのきびしい闘争にあけくれた。しかし、プロレタリア大衆の偉大な戦闘的意欲にもかかわらず、」「世界革命への道程は峻しく、またきびしい。何故なら、真に革命的な指導部がどこにも存在しないからだ。……」

「組織の前に綱領を! 行動の前に綱領を!! 全くの小ブルジョアイデオロギーにすぎない。日々生起する階級闘争の課題に応えつつ闘争を組織しその実践の火の試練の中で真実の綱領を作りあげねばならぬ。」

そして、これらの議案は採択され「共産主義者同盟」ブントは、全学連主流派として安保闘争を闘うこととなるのである。とまれ、やがてふれることとなる岸上大作「意志表示」、「黙禱」、「しゅったつ」、などの短歌作品は、その闘争の渦中において一気に、その「前衛」性を獲得してゆくこととなるのである。

四月十五日、第一次統一行動が全国各地で開催。中央集会は、代表者数千人を集めて日比谷公園で開催され、砂川判決支持と共に安保体制打破を唱え、安保改定阻止闘争の第一歩を標すこととなるのだ。第一波統一行動が開催されたこの日、岸上の日記は空白、出納簿には「電車　一〇〇円　メシ（定食）　五〇円」の記述のみ。

以後日記から、岸上が読みかつ手にした書籍名などを上げながら、伴走してゆく。

四月十七日、『きけわだつみのこえ　日本戦歿學生の手記』、十八日、井上光晴『ガダルカナル戦詩集』読破、『ゴーリキイ選集』（第四巻『幼年時代　人々の中で』）受納、『マルクス・エンゲルス芸術論』購入。

四月二十一日。「〇社研総会（部室にて）」に出席。「研究テキスト、共産党宣言、賃労働と資本」。総会の後、社研の学生たちと「自治会民主陣営の秘密会議に出席」。代々木八幡の民家で、三十人ほどが集まる。中に「自治会のソウソウたる連中」。二十三日、社研、二十四日は「短研総会」に出席。三十人が出席。岸上は、「メーデー資金カンパ」を訴えている。

だが、四月二十七日に、この記述。

「T・Nより手紙。ボロボロ泪をこぼしながら読む。そしてまた泪ながらに彼女に手紙。はっきり言おう。やっぱり、ぼくはT・Nしか愛していないのだ。明日、良い天気だったら、彼女が送ってくれたコスモスのたねをまこう。」

四月二十九日、「峠三吉の『原爆詩集』を二十円で購入」。そして、五月一日「雨のメーデーに参加」。「安保改定阻止国民会議」第一波を受けてのメーデーに学友たちと出向き、明治神宮外苑から渋谷までのデモに初めて参加した。頭髪から滴り落ちる雨滴、跳ね上がる泥水でズボンを汚しての、全身ズブ濡れになってのデモであった。その感興は、短歌となって立ち上がった。五月刊行の「国学院短歌」二十七号に、「その母たちのように」七首を発表。タイトルは

髪濡れし首いちように垂れて過ぎ少女の群はその母たちのように

からとられている。行進する少女たちから戦争で夫を見送った母たちの姿を連想していたのかもしれない。白玉書房版には、同じタイトルで十四首が収録されている。未収録の作は、所属誌「まひる野」に発表されたものである。六〇年安保闘争を前に、初めて書かれた岸上大作の記念すべき闘争歌である。

証かすべきわれの論理の危うきにはや群衆のひとりと記されん

うつむきしまま列を組む洗われて五月の樹々は瞳に痛ければ
まず旗を執れと諭され群衆の中に確かめている靴の音
不揃いのままジグザグに移るとき見透かしているような眼に遇う
少女の髪あふれしめ白きハチマキの無垢にて過去の忍従のいろ
プラカード雨に破れて街を行き民衆はつねに試される側
いきおいてありしスクラム解きしとき突きはなされたようにつまずく
一日がはげしく匂う濡れしまま学生服は壁につられて
部屋の鍵落とし来しことにのみ執しいるにしきりに雨のメーデーと報ず

「論理」「群衆」「列」「組む」「旗」「靴」「ジグザグ」「ハチマキ」「プラカード」「民衆」「スクラム」「メーデー」等の示威行動に関連しての語彙を、自在に駆使しての連作で、培ってきた短歌創作の、修練のほどが窺われる、十九歳の作である。しかし、これらの語彙とはうらはらにその作品は、元気がみられない。「論理の危うい」ままの、ためらいながらの参加であったのだろう。それゆえに、どの歌でも「個」と「衆」という対比をあらわに、群衆になりきれない自己を問おうとしている。最もできのよいのは、この一首。

「不揃いのままジグザグに移るとき見透かしているような眼に遇う」

交差点に差しかかったのであろうか。整然と行進するデモが突如、抗議の意志を激しくさせジグザグに移る。その瞬時、自身の脆弱を見透かされている「ような眼に遇う」という意だ。

だが待てよ、この一首。「ジグザグ」が分からなければ読解は不能ではないか。「ジグザグ」とは「ジグザグデモ」の略。スクラムを強固に組み、前列との距離を詰め、頭を低く戦闘態勢で、道路を勢いよく乙字型に、繰り返し駆け抜けるデモの形態のことだ。警備を固める警察隊にそのまま突進することもある。

だが、これらの語彙の意味を了解したとしても、いまの学生たちは、抗議デモを主題にしたこれらの作品を、理解できるだろうか。この三十数年、いくつかの大学に出講し思い続けてきたことは、岸上や私がいた時代と大学をとりまく環境が大きく変わってしまった、ということであった。

大学構内に林立していた、政治的プロパガンダや集会を呼びかけるタテカン（立看板）も、ビラを配る学生も、スピーカのマイクを片手に、髪を振り乱してアジ演説をする学生たちの姿も、キャンパスに演壇を作り椅子を並べた抗議集会も、見かけることはなくなってしまった。そればかりではない、大学の通用門は警備員が立ち自由に出入りができない仕組みになっている。

教室で学生たちに質問したところ、「自治会」ばかりではない、「全学連」という言葉さえも、知らない学生が大半であった。

話を、デモの作品に戻そう。

岸上は、群衆と歴史の中に、引き裂かれてゆく個をうたい、ハチマキ姿の少女に、戦時の少女を重ね、女たちの忍従の歴史をみようとした。そして、「一日がはげしく匂う濡れしまま学生服は壁につられて」の一首が語るように、初めてのデモへの参加は、誇らしい体験として「意志表示」の主軸をなしてゆくこととなるのである。

7

五月七日「○T・Nよりの手紙」受信。ようやくに諦める決意がついたようである。「アンアンアンナイテ、ヒトリデナイテ、／カレノコトナンカワスレルヨウニシヨウ」。下宿探しが始まる。

しかし、「アンアンアンナイ」タその涙も乾かない翌日には、もう一人への少女への狙いの的は絞られている。

五月七日「○T・F、やっぱり、彼女のその弱々しい少女の姿勢にひかれる」。三ヶ月前、そう二月二十日。岸上は日記に「そして、次に短研に新しく入る一年生をねらうのだ。」と、書き記していたことが思い出される。

十二日には自戒の弁「ソンナにも簡単にひとりの女を愛したり、愛さなくなったりするのか？　ソンナ時にも、Ｔ・Ｆのさみしい貌を思う」。

「Ｔ・Ｆ」は、後の歌人藤井常世。父は大学教授、折口信夫門下の国史学者藤井貞文、歌人でもあった。詩人藤井貞和は弟。藤井は、昭和三十四年、國學院大學文学部文学科に入学、短歌研究会で一年先輩の岸上大作に出会う。岸上大作は、國學院に入学して一年余りを、手ひどい失恋を繰り返しながら、また新たなターゲットを得たのである。

五月十五日、目黒区雪ケ谷から、杉並区久我山新開方へ転居。「二階の四畳半で三千円。プロパンガス。静かなところ。新しい家」「同居者は学生ばかり三人」「炊事場は共同」。井の頭線「久我山」駅までは五、六分。大学のある渋谷までは二十分の距離。

念願であった一人の生活が始まったのである。にわかに金銭出納簿は賑やかになってゆく。母の反対を押し切っての自炊生活であった。食事付きの共同生活に別れを告げ、女の子を招き入れたいなどという秘かな野心もあったのかもしれない。

この日の金銭出納簿には、運送費に千二百円を奮発、十六日の出費は、「定食、味噌汁　五十五円」「電車賃七十円」「ヤキソバ五十円」。机に千百五十円を奮発。三十一日の日記には、「三十五円也のリンゴ箱で炊事用具入れをつくる。兼チャブ台としても」とある。部屋代も、運送費も机代もすべて母の負担である。

この頃、岸上より三学年下の私は都内の男子校の二年生であった。そうだ、コーヒーは五十円で、ラーメンは四十円だった。町の三本立て洋画館は五十五円で、餡パンは十円、大福、キャラメルは二十円、「ピース」の両切り煙草は四十円、「シンセイ」は三十円だった。銭湯は十六円、週刊誌は二十円、国電は一区間十円で、バスは十五円であった。国産万年筆は二千円前後、腕時計は三千円であったか。

私たちが出会う大人は、みな戦争の体験者であった。特攻隊帰りの教師もいた。戦後を生きる人々は、戦前の気風さながらに道理を弁え、慎ましやかに生活していた。学生もまた然り、同世代の数パーセントしか、大学に行けないという時代を背負っていた。世間も、学生を大事にしてくれた。全学連然り、学生もまたその恩義に報いようとしていた。反戦は、人々の願いであった。貧しい時代ではあったが、明日に向かって人々は肩を寄せ合って生きていた。「学生さん」と私を呼び止める声が聞こえる。岸上大作を読んでいると、忘れかけていたあの時代の、情感や情操が懐かしく甦ってくる。だが、先に進むこととしよう。

T・Fへの、またしても一方的愛は、破滅への予感に満ちて進行してゆく。「五月二十七日

（火）」の日記を引く。私は、学生時代にノートに筆写した記憶がある。私もまた、無様な恋をしていたのであった。

涙を流して、その一人の愛を僕は祝福すればいいのだ。苦しむこと、自分を如何に抑えるかというところに僕らの尊さがあるのではないか？　美しい歌を作ろう。涙を流して、切なくなる歌を作ろう。ひとりを愛することが、僕にはこんなにも苦しみとなるのだ。ホントに愛しているのなら何も言わないことだ。その一人を傷つけてはいけない。絶対にいけない。〈T・N〉のことを思い出そう。面をふせて僕は苦しく耐えていくのだ。

日記と表裏をなすように、美しく歌が立ち上がってゆく。日記を書いて五ヶ月後の十月、また岸上は手痛い敗北を喫することとなる。

なみだして怒りの言葉吐く唇の血をひきてむしろ美しきかな
たわやすく泣くさまわれに見せておりその涙愛とかかわりあらぬ
そのひとり傷つけてわれの負担とも扉に挟めり掌の血に滲むまで

血の色の羽根ゆるされていることもただ十月の理由によりて

二首目、「たわやすく泣くさまわれに見せておりその涙愛とかかわりあらぬ」には本歌がある。前年十二月、母をテーマにした一連に「たわやすく哭く様ひとにみせてよりその泪死とかかわりあらぬ」の作である。発表時、作品数に窮した結果であろう。「われに」と「ひとに」、「涙」と「泪」、「愛」と「死」が入れ替わり、連作を際立たせている。

四首目「血の色の羽根」にも類歌がある。つよいポエジーを感じてのそれであろう。

8

この年、六〇年安保の前年、昭和三十四年十月二十一日、岸上大作は、二十歳の誕生日を迎えている。岸上の誕生日は、はからずも私たち一九六〇年代から七〇年代にかけて青春を送った世代には、「国際反戦デー」として記憶に新しい（以後しばらく、西暦年号混合で記述する）。

一九六六年十月二十一日、労働運動の中核をなした総評（日本労働組合総評議会）が、「ベトナム反戦統一スト」を実施、同時に世界中の反戦運動団体にベトナム戦争反対を呼びかけた。これに呼応、翌六七年十月二十一日は、アメリカワシントンD・Cでは十万人もの民衆が、ベトナム反戦を唱えペンタゴンへデモ行進した。六八年十月二十一日、国際反戦デーは、ベトナム戦争、反安保のうねりが日本中を揺るがし、新宿騒乱罪が発生。全国の大学で全共闘が蹶起、六九年十月二十一日は、「七〇年反安保闘争」総決起の時を迎え、新左翼各党派は各地でゲリラ活動を展開、機動隊と激突、一二二二人が逮捕された。翻って岸上大作の絶唱「血と雨にワイシャツ濡れている無援ひとりへの愛うつくしくする」が最もリアリティーを持った時代であったかもしれない。

奇しくもこの「十月二十一日」は、学徒出陣式が挙行された日でもあった。

大東亜戦争激化のため東条内閣は、大学、高等・専門学校法文科の学生の徴兵猶予を停止、理工科系を除く満二十歳以上の学生を十二月に入隊させた。

昭和十八年十月二十一日、明治神宮外苑競技場に関東地方の入隊学徒を中心に七万人を集め、沛然と降る雨の中「出陣学徒壮行会」を開催した。

この日、岸上大作は故郷兵庫県福崎町の家で三歳の誕生日を迎えている。父と過ごした最後の誕生日でもあった。それから十六年、岸上大作は一人東京で誕生日を迎えた。この日、岸上は大学で一時限を受講、二、三時限を欠席。「〇牛めし　六十円」「〇昼めし、渋谷でチャプシイ。」「〇平田、えのもとさんと神宮へ。雨に濡れて」。

平田は、短歌研究会の後輩、「えのもとさん」が気になる存在だ。それから部室に戻り、「国学院短歌」二十八、二十九号の合評会に出席。「○雨に濡れて、誕生日に、ひとつのうたを!!」、これも気になる記述ではある。

この日の神宮内苑での岸上大作の写真が残っている。横降りの雨を防ぐためかコウモリ傘の柄を両手で抱え、痩身の学生服が、踏ん張っている構図で、なんとも淋しげである。

母に書くよりほかはなき手紙だけとコーモリに貌かくして帰る

「告白以後」に収められた一首である。

二十歳の誕生日の前日、十月二十日付日記の全文を引く。

○第二時限、休、第三時限、休、第四時限、欠。
○干魚十八円、ツケモノ二十六円、アゲ八円、定食。(五十五円)
○すべてが終わり。T・Fとの。

○受信　T・N

国学院短歌会の新入生T・Fからの拒絶は手痛かったのであろう。時に饒舌であったノートから言葉が消えてゆく。

9

藤井常世に美しい断念の歌を書き、「すべてが終り。T・Fとの。」と日記に悲愴な思いを綴った岸上であったが、同時に短歌会の一年先輩「えのもとさん」、「S・E」こと榎本幸子に心が傾いてゆく。「○えのもとさんに手紙」（十月二十五日）　「S・Eに会えなかったことが今日のぼくをさびしくさせたことを素直に認めよう。そして、ぼくの気まぐれな愛がT・Fより以上に彼女に傾いていることも」（十月二十六日）。岸上大作の手紙攻勢がまた始まった。

この年、岸上は「国学院短歌」二十八号（七月刊）に「禿山の話」七首、「国学院年刊歌集第六輯」（九月刊）に「その母たちのように」十六首、「国学院短歌」二十九号に「涙について」七首、「ノート大学歌人会」第一号に「十月の理由」五首を、「国学院短歌」三十号に「十月の理由」七首を発表。――この間の作は、『意志表示』『岸上大作全集』では、岸上が作成した歌集ノートに基づき編集され、「禿山の話」以外は、発表時とその形態を異にしている。したがって、タイトルに執することなく、この間の作品を列記してゆく。「その母たちのように」「涙について」は、すでにふれた。

支配者の強奪のゆえと説かれつつ聴く中国の禿山の話
圧制の歴史に長く育みて、民衆の智慧・樹を植えざりし
右翼ビラ剝がされぬ不思議にも馴れて私立大学にふたたびの夏
行動に実らぬ理論責めてより学習会を離れしひとり

四首までは、「禿山の話」七首から。岸上が、社会への関心を尖鋭にしていることが窺われる。おそらく、二首目までは、連作の序歌として書かれたのであろう。しかし、本題を見失ったまま息切れしてしまった、と思われる。現代短歌への新たな挑戦を試みようとしたのであろう。四首目は、学習会でのT・Fとの痛恨の一齣。次いで「太宰忌」全作五首を引く。

たばこ吸う背中の夜の暗澹とわれの痩軀は亡父より受けず

掌の中に父がマッチを点けるときわれの生誕うたがわざりしや
父よりの戦いにしてわが受けしはそれのみ母の内部への旅
太宰忌はその命日にしてわれの喪は父の墓標を雨に濡らしむ
早産以後父の子たらず少年めまいして蝶の交尾にくみき

一首目、「たばこ吸う背中の夜の暗澹とわれの瘦軀は亡父より受けず」。ならばその背中に溜めている暗澹と瘦軀は、誰から譲り受けたというのだ。——書き写していて、その修辞のうまさに息をのむ。複雑に入り組んだ想念を一首のうちに歌い切っている。だが、待てよ。「亡父より受けず」は反語としてのそれか。いやそうではない、自身の出生についてなにかためらうところがあるのかもしれない。『意志表示』では「太宰忌」と題し五首が頭を揃えている。「たばこ吸う」に続く作は、「掌の中に父がマッチを点けるときわれの生誕うたがわざりしや」と、父への問い、「父よりの戦いにしてわが受けしはそれのみ母の内部への旅」と、謎に満ちた一首に連なってゆくのである。

私が父から受けたのは、瘦軀と暗澹の血筋ではなく「その戦い」の歴史のみであると宣し、その来歴については母が知るところである、と言っているのである。なぜに少年岸上は小説「姫路」を書こうと思ったのか。これらの歌の背後に、「限りなくソウ明で美しい人」への、執拗過ぎる追慕の秘密が隠されているように思えてならない。しかし、うっかりしたことを書いてはならない。もう一度、この作品を引こう。

太宰忌はその命日にしてわれの喪は父の墓標を雨に濡らしむ

太宰治の入水自殺は、昭和二十三年六月十三日。岸上が太宰の「斜陽」「ヴィヨンの妻」「桜桃」を読んだのは、日記によれば十一月四日。太宰没後まだ十一年しか経ってはいなかったのか、といま改めて思う。その頃私も太宰を読んでいるからである。

それはともかく、一年後に迫った岸上の死を思うとき、この一首を読み過ごすことはできない。太宰は三十九歳であった。さて私の死はと問い、その問いの応えを、「父の墓標」へと移行させているのである。自らの死の予感を巧みなレトリックのうちに韜晦させている。

作品以外の事歴では、杉並区西保健所で、結核(右胸に病巣)と診断され、六ヶ月の治療を要す(八月)と言われた。東大病院で再びレントゲン撮影をおこなった結果、肺結核の心配なしと判明。「太宰忌」の歌などは、この診断を揺曳しているのかもしれない。日記を読むかぎり、国学院社会科学研究会での動きはない。十二月、「まひる野」を退会。

角川「短歌」十二月号に既発表の「禿山の話」十首を発表、歌壇デビューとなる。

この年昭和三十四年、いや一九五九年十一月二十七日。日米安保改定阻止第八次統一行動。国会請願デモ隊二万七〇〇〇人、国会構内に突入、警官隊と衝突。三〇〇人が負傷。日本歴史上最大の国民運動となった六〇年安保闘争の火蓋は切って落とされたのである。

恋と革命

1

　この年、鮮烈な短歌作品をもって革命的ロマンチシズムを体現することとなる岸上大作の、元旦の所信は、ない。年賀状受信名十人ばかりの名が記されているのみ。友人に宛てた年賀状には、太宰治「晩年」の一節。

　死なうと思つてゐた。ことしの正月、よそから着物を一反もらつた。お年玉としてである。着物の布地は麻であつた。鼠色のこまかい縞目が織りこめられてゐた。これは夏に着る着物であらう。夏まで生きてゐようと思つた。

　太宰の〈晩年〉から1960年1月1日にかきぬく。今年の最初におくることばとする。

〈岸上大作〉

高瀬隆和、他に宛てた賀状だ。葉書のおおよそを白紙とし、右端に寄せて、小さな字で横書きされたものである。岸上は、いつ頃から死願望を抱くようになっていたのか。T・Nへの失恋が決定的となり二十歳の雨の誕生日を迎えた前年の十月あたりからであろうか。いや、それ以前T・Nに失恋し、泥酔し雨のガード下に倒れ、その名を叫び続けたあたりからであろうか。

その後、岸上は「美しき誤算のひとつわれのみが昂りて逢い重ねしことも」の絶唱をなした。自らのぶざまな片思いを、「美しき誤算」と美化させてみせる他に、退きようもない岸上大作の切実とは何であったのか。「美しき誤算のひとつ」と抒情させてみせたとき、愛するという義務感を遂行しえたとでもいうのであろうか。

歌は自らの現在を鋭く突出させ、未来を激しく現前させる力を蔵する。岸上は、自身の言葉を尖鋭にすることによって、彼岸の闇を胸郭ふかく招喚させてしまったのであろうか。とまれ岸上はその後、自身を結核ではないかと疑い、ふかぶかと太宰治に傾倒してゆく。死と表現が、親密なテーマとして浮上したといってよい。

福崎には八日の昼まで滞在。十五時五十五分姫路発普通列車に乗った岸上は、京都で弁当(百円)を求め、米原で牛乳(十九円)を買っている。この日の出費は他に、「タバコ(いこい)五十円、汽車賃六百六十円、『青春の文学』(三一書房、関根弘)百六十円」。本は乗車前、姫路の本屋で買ったものか。

岸上は、几帳面に「発信」「受信」など、日記にメモしている。

九日「午前五時四十分東京駅着」。当時普通夜行列車は、姫路から東京まで十時間以上もの時間を要している。固い木の背もたれが懐かしい。この年、昭和三十五、一九六〇年の日記は、十一月三十日まで付けられている。日々のメモの中に、死の影は不思議に宿ってはいない。

そして、最後の日記は、

俺の
いや俺達の
なまあたたかい体温が
霧の原因であることを発見した

関根弘の謎に満ちた詩で終えられている。

久我山の下宿に帰った岸上の日記には、「発信　山本毅（ハガキ）」の記録がある。

山本は、福崎高校時代の担任。「母や先生や奥さんはぼくのことについて、あるいは自殺するのではないかと心配なさったそうですが、そういう心配をかけたことには非常に申し訳なく思っています」に続く文面はこうだ。

いまのところぼくは、自殺しないでしょう。それだけの勇気と、死を論理づける理論、倫理みたいなものは不幸ながらもちあわせておりません。

ただあるのは、ひとりの女に原因する感傷的な生活あるいは生きることへの消極的な態度である。自殺をもっと論理的に意味づけ、それだけの勇気ができ、そうしてそれを一体としておおきな感動につつむ感情があらわれた時にぼくははじめて敢然としてみなさんの前で自殺してみせましょう。

恩師に宛てた葉書の文面を見て、私は、上京した岸上が書き始めた「東京日記」の「僕には青い空のような愛が必要だ」「恋人は青い空に浮かぶ白い雲のように俺をふんわりとつつまなねばならないのに」「東京の女性は美しいので、俺は肉体的な愛のみにゆうわくされることがあってはならない。その為にも、限りなくソウ明で美しい人が必要だ」のくだりを思い起こしていた。岸上は、短い文章の中で、いまだ出会ってもいない女を想い混乱する。そして「聡明」で「美しい」人という観念に向かって突進してゆく。

あまりにも観念的愛が、言葉としてまず先行し、自身の中に過剰な像を創りだす。拒絶されると、次の女を「聡明」で「美しい」という鋳型にあてはめ、激しく想いを寄せてゆく。この「悲痛なまでの義務感」はなぜだ、と私は書いた。ロマンチシズムの心情のみでは計りえない運命に類する底深い衝動。今度は「死」が、「ソウ明で美しい人」と伴走してゆくこととなる。

岸上大作は美事な一文を書き送ったものである。残された課題は「死を論理づける理論」と「倫理」、それを「一体として大きな感動につつむ感情」の創造と、それらを満たすに足るその「時」である。

そして六〇年安保闘争は、岸上大作に「恋と革命」と「死」という絶好の場と時を与えることとなるのである。

2

四月、岸上は三年に進級。二学年一年間の成績は優秀。「国学院短歌」三十一号にエッセー「閉ざされた庭」十一枚を書く。

「まず何よりも、独占資本主義体制のもとに疎外されている自己そのものの状況を知らなければならない。庭は閉ざされているのである。ブランコは動かなければならないのである」。社会科学の本を読んだ成果といおうか、特別に新味のない硬直した論理だ。「〈ビート・ジェネレーション〉のように、〈ヌーヴェル・ヴァーグ〉〈アングリィ・ヤングメン〉のように、そしてまた石原慎太郎・大江健三郎・間宮舜二郎・藤森安和のように、ブランコを動かさなければならない」

少しく説明するなら、ビート・ジェネレーション（Beat Generation）は、一九五〇年代のアメリカに起こった抑圧的社会に反逆し、人間性の解放を求める運動（ビート運動）に参加したアーチストたち。文学では、詩人のジャック・ケルアック、ギンズバーグなどがその代表で、諏訪優などに大きな影響を与えた。

「ヌーヴェル・ヴァーグ（Nouvelle Vague）」は、新しい波の意。同じく五〇年代末葉、フランス映画界に登場した映画革新運動で、映画監督のジャン＝リュック・ゴダール（一九三〇年〜）、フランソワ・ロラン・トリュフォー（一九三二〜八四年）らが活躍。大島渚などが多大な影響を受け、「アングリー・ヤングメン（Angry young men）」は、社会秩序に反抗的な五〇年代の若い作家たちのことを、イギリスの劇作家ジョン・オズボーンの戯曲『怒りをこめて振り返れ』（LOOK BACK IN ANGER）にちなんで「怒れる若者たち」と呼び、アメリカのビート・ジェネレーションと連動、寺山修司を奮い立たせた。

なるほど、岸上大作の少年期から、青年期に至る十年間（一九五〇〜五九年）は、第二次世界大戦後の芸術運動が起きた一九五〇年代に相当する。彼等の運動に共鳴するように、日本の作家や詩人の中からも戦後世代の新しい文学運動が起こっていった。岸上に影響を与えた寺山も、遅れて来たその一人であったのだ。

さて新学期を迎え三年に進級し、国学院短歌会の責任者となった岸上は、「国学院短歌」三十一号に〈意志表示〉抄　―4月26日―」七首を発表。

意志表示せまり声なきこえを背にただ掌の中にマッチするのみ
許されているは腕くむひとつにて請願書にいましている無償
憫笑をただ招くのみ背を曲げて彼らに請わん署名している
拇指に拭いし朱肉いれられぬひと日を審く証しとならん
胸廓の内側にかたき論理にて棍棒に背はたやすく見せぬ
唾棄すべき煙草をはさむ唇ながら彼らをかばい尖鋭となる
流されし血を負目としいちにちの記事と語るな彼らの世界

やがて歌集名となる「意志表示」の最初の作品である。初出は「マッチする」であったのか。私はこの号を、「具象」同人であった故田島邦彦から借用したままである。

ところで四月二十七日の日記には、実に素直な岸上の素顔がある。「二十八日未明にかけて、二時間ばかり呻吟して、〈意志表示〉七首を書く。力作なり。はやく誰かにみてもらいたい。やっぱりホーム・グランドでの仕事のため、たやすかったのかもしれぬが、とにかくこれだけ書けたのはうれしくてタマラヌ。」「雨が降っている。／紅茶をのみ、タバコをすってねよう。／明日は早く学校にでかけて、誰かにみせるのだ」

サブタイトルに付された「4月26日」……。

日米安保阻止国民会議第十五次統一行動日のこの日、六万五〇〇〇人が国会へ請願デモ。これを、「お焼香デモ」と批判する全学連一万数千人は国会包囲デモを敢行。尖鋭部隊は装甲車を乗り越え、国会に突進、流血。唐牛健太郎委員長らは装甲車の上からアジ演説、十七名が逮捕される。

この日に至る経緯を簡単に書き記しておこう。

一月十六日、岸信介首相他新安保条約調印全権団、羽田を出発。出発阻止を叫ぶ全学連主流派学生七〇〇人、空港ロビーを占拠。警官隊と衝突、七十八人逮捕。二十日、ワシントンで日米安全保障条約、日米行政協定に代わる新協定調印。二月五日、衆議院に提出された。院外では、安保改定阻止国民会議の統一行動が、頻度を高めて四月二十六日第十五次統一行動の日を迎えたのである。

しかし、この日の岸上は三時限から五時限まで講義、デモへは行っていない。日記には「フロ十六円、モヤシ五円、天井五十円、midori 五十円、ツケモノ十二円、パン三十円、太宰百六十円」の暢気な記述があるのみ。

この日の夜のラジオ報道、翌二十七日朝の新聞、食堂でのテレビ報道などに刺激され、自室の机に向い、未明にかけて歌を完成させたのである。

一首目は、岸上大作の数ある代表歌の一つといっていい。五月になって、応募することとなる「短歌研究」新人賞五十首作の最初の一首であり、歌集巻頭に置かれることとなる。「声なきこえ」に、黙々と働き続ける民衆、忍従の姿勢をとり続ける女たち、さらに私は戦争で死んでいった二百万人もの兵士たちの「声なきこえ」を感じてしまうのだ。その中には、岸上の父も、「マッチ擦るつかのま海に霧ふかし身捨つるほどの祖国はありや」と歌った寺山修司の父もいる。

ところで岸上は、半年後に書くこととなる「寺山修司論」(「短歌」十一月号)で寺山修司の作品は五音・七音を基調とした、原則的に「5・7・5・7・7」五句三十一拍の短歌の「リズム」の駆使と、多様な状況における「われ」の設定とを特色としている。と、その特徴をあげ、

寺山修司は、短歌リズムの駆使あるいは短歌リズムへの投身によって、「われ」を多様な状況に設定し、つまり拡大安定期にある日本の国家独占資本主義社会の現実に呼応・迎合し、「われ」

をそこへ拡散し、そこで「われ」を喪失する。そのことが、寺山修司のいう社会性なのであり、また「われ」を喪失し、それに呼応・迎合することが現代社会でいわれるところの社会性でもあるのだ。このみごとな調和に、ぼくらはもはや批判のことばをもちえない。

と、「現実社会」との格闘の欠如という論点から、手厳しい批判を与えている。ならば、「4月26日」という日の限定のもとに立ち上げた岸上大作の「意志表示」七首はどうか。「国家独占資本主義の現実に呼応・迎合し」ない「われ」の定位は、はたしてなされているのであろうか。

私が、一首目で思い描くのは、国会を包囲したデモ隊の一人が、湿った煙草に火をつけているイメージだ。掌の中にマッチを擦るという祈りにも似た行為が意味するものは、自分はなぜに安保改定阻止行動に立ち上がったのか、自身の存在とその来歴への問いそのものに他ならない。この一首をなしたからこそ、岸上は「われ」の定位をめぐる寺山修司論を書き得たのである。

ならば、寺山へのいま一つの問い、「多様な状況における「われ」の設定」から、この一連をみた場合はどうか。この「4月26日」という限定のもとにみるならば、実に多様な「状況」における、多様な「われ」の設定がなされていると、言わないわけにはいかない。

つまり二首目から三首目までは、社会党、共産党議員が待ち受ける国会構内請願デモでの体験を歌った「われ」であり、五首目に置かれた「胸廓の内側にかたき論理にて棍棒に背はたやすく見せぬ」の一首は、最初の「意志表示せまり声なきこえを背にただ掌の中にマッチするのみ」の一首に連動してその決意を表明しているのである。すなわち、国会を包囲するデモ隊列の中のひとり「われ」が歌われているのである。

ならば、六首目「唾棄すべき煙草をはさむ唇ながら彼らをかばい尖鋭となる」で歌われている「彼ら」とは誰か。「われ」の定位は、どのようになされているのか。「唾棄すべき」とは、国会構内突入を計った「彼ら」の行動を詰っているのであろうか。いや、煙草をはさむ私の唇から発しようとしている言葉は、彼の行動に同調し、いまや尖鋭なものとなっている、とでも解するのであろうか。しかしながら、語感から受ける強いイメージは六首目を引き受け、一首目と激しく連動している。

終わりに置かれた「流されし血を負目としいちにちの記事と語るな彼らの世界」に至り、ようやくこれらの歌が、どのような位置をもってなされたかが明らかになってくる。これらの歌は、実は自身の行動の中からではなく、自衛隊出動の口実となりかねないほど突出した「彼ら」の行動を伝える「いちにちの記事」から、書かれるに至ったのである。

「われ」の定位を明らかにせざるを得なかったがゆえに、「われ」の拡散はからくもまぬがれ、「われ」を喪失することはなかったというのであろうか。

しかし、いまだ、この段階（「意志表示」）では、二十三枚に及ぶ（「作者の内部世界と外部の現実社会との格闘の苦渋のなかから文学（短歌）は生まれるのであって、そうすることを許されているのは選ばれたる少数なのである」を結論とする）「寺山修司論」は書かれてはいない。

岸上大作の中で、闘いは始まったばかりなのである。「4月26日」のサブタイトルをもつ「意志表示」は、序曲であり闘争宣言にほかならない。「ブランコを動かさなければならない」のである。

3

四月、岸上の前に、「スバラシク聡明な女性」が立ち現れる。文学部文学科の一年生、Y・Kが短歌会に入会することとなるのだ。五月、六月、過激さを増してゆく安保闘争の進展と共に、「意志表示」へ、舞台の幕は切って落とされるのである。再び日記を紐解く。

五月一日（日）、メーデー参加。「全学連西部コースを歩く。清水書記長が指揮。渋谷駅前でちょっとジグザグ」。

「デモに出ることがぼくにとってどれ程の意味をなすのだろう。ぼくがデモに参加して、全学連の学友とともに安保改定阻止の意志を表示したことの無意味。独占資本はせせら笑うだけだろう」。日常生活における敵側の攻撃をみいだせないまま、デモに参加するのは「免罪符」を得ようとすることに似ていやらしい。「日常場面での闘いのたかまりとして、安保阻止をとらえるようにしないと、全学連の激しいデモも、結局肉体の消もうをしか意味しなくなるであろう」と書く。

五月二日（日）「Kへの Liebe について、タカセに話す。」

また、イニシャルだ。女子新入生に相違ない。

五月八日（日）には、短歌研究会の新入生歓迎のハイキング（参加者十六名）。十三日（金）「全学連主流派デモに参加」「〇学校は休む。／全学連主流派デモに参加。」「一時―六時。国会前で総決起大会。日比谷へデモ」「六時―十時。夜学連総決起大会に合流（日比谷野外音楽堂）。新橋―有楽町―八重洲口へデモ」。

五月二十日（金）「全学連反主流派国会デモに参加」。「夜のニュースで主流派の戦闘的なデモをきいて、今日の自分の行動がはずかしかった。国学院の指導部のダラシナサを責めるべきか?」。そして、二十五日（水）「〇Kに〈意志表示〉の清書をタノム。／Kに『カフカ』を貸す。」

この日の日記に、「短歌研究」新人賞応募の態勢が整ったとある。「五十首の連作は初めての経験。そのあとの気抜けのために何かをする気もない」。

「短歌研究」新人賞は、昭和二十九年、中井英夫が新人発掘のために創設した「短歌研究五十首詠」

に始まる。第一回受賞作は中城ふみ子「乳房喪失」、第二回は寺山修司「チエホフ祭」が特選となった。中井は、後に小説『虚無への供物』を書き上げ作家デビューを果たす。中城、寺山、さらに塚本邦雄、岡井隆、春日井建らを世に送り出し、現代短歌、なかんずく前衛短歌の扉を開いた人といってよい。昭和三十三年から「短歌研究新人賞」と改称。岸上が応募したのは第三回新人賞である。

清書を頼まれたのは、「K」・「Y・K」として頻繁に日記に登場することとなる角口芳子、後の歌人沢口芙美である。福岡のミッションスクールを卒業して、國學院文学科に入学、短歌会に入部していた。沢口芙美小説「風の鳴る日は……」（同人誌「ネオアプレゲール」創刊号　一九六七年十一月刊）によれば、角口は最初、入部する気はなかったのだが、岸上大作の熱心な勧誘に折れて入部。小説は、入学式からほどない新入生歓迎会で短歌研究会の責任者岸上大作の挨拶から始まる。

「安保改定阻止の為、全学連が国会前で斗っているのも、僕たちがここでこうして歌をつくるのも同じことです。このことを忘れないようにしてほしいと思います」。

この発言を受けた場の雰囲気を、小説は「また困ったことを言い出したという表情をした人もあり、むしろその発言と皆の表情とは遊離して発言が浮いてしまっていた。」

しかし「発言者は受け入れられようが入れられまいがとにかくこのことは言う、それが自分の個性だ、といわんばかりの調子であった」と、伝えている。

さて、岸上にすれば、満を持しての賞への応募であった。日記には書かれてはいなかったが、この間、短歌を書き続けていたのである。しかも、戦争で父を喪った岸上が、「第二の戦争」にほかならない安保闘争を戦う学生というイメージをもっての登場である。

Y・Kに清書を頼んだ翌二十六日、日記には「○午後欠。国会デモに参加。」「○電車賃二十円、パン三十円、牛乳十二円、電話十円。(Kに。不在)」　またしても電話攻勢が始まったのである。日々に顔を合わせる人に、なぜ頻繁に電話をかけなければならないのか、私には分からない。

昭和三十年代、電話のない家庭がおおかたであり、まして寮への電話は、管理人が、電話を知らせに部屋まで出向かなければならない。下宿先においてもことは同じある。まして、異性からの電話に敏感であった時代だ。個人間の急用でさえも、電報が使われていた。不在であれば、出直す。それが、学生間の交流であった。

二十五日に依頼した清書を、受けとることとなる。二十七日の日記、「○カミュ『異邦人』をかりる。Kに。／原稿、清書して来てくれる」。二十八日「○夜、Kに電話」。二十九日、日記のトップに「○発信　母、「短歌研究」。(新人賞応募)」

矢は放たれたのである。こうして、高校時代からの夢であった「短歌研究」新人賞に応募。受賞は逸したが、「候補作」として「短歌研究」（昭和三十五年）九月号に五十首のうち四十首が掲載される。掲載作品から何首かを引く。発表誌面は、一首十八字改行の二行組。当時、歌集の多くは、二十字改行、一頁三首組みが多かった。

意志表示せまり声なきこえを背にただ掌の中にマッチ擦るのみ　（Ｉ・意志表示・4月26日）
呼びかけにかかわりあらぬビラなべて汚れていたる私立大学
許されているは腕くむひとつにて請願書にわれがしている無償
憫笑をただ招くのみ背を曲げてカレラに請わん署名している
幅ひろく見せて連行さるる背がわれの解答もとめてやまぬ
装甲車踏みつけて越す足裏の清しき論理に息つめている
もうひとつの壁は背後に組まれいて〈トロッキスト〉なる蔑視の烙印
おおげさに彼らを責める声のあとすばやく切られてしまいし録音
全学連に加盟していぬ自治会を責めて一日の弁解とする
すぐ風に飛ばされてしまう語彙にして拙さのみの記憶とならん　（Ⅱ・Y・K・に）
ライターの点かぬまま煙草くわえおり見抜かれながらポーズのひとつ

右の手にロダンが賭けし位置よりは遠く見ている〈接吻〉の像
不用意に見せているその背わがためのあるいは答案用紙一枚
海のこと言いてあがりし屋上に風に乱れる髪をみている
地下鉄の切符に鋏いれられてまた確かめているその決意　（Ⅲ・5月13日・国会前）
プラタナスの葉影が覆う群れ区切り拳銃帯びし列くまれいる
棍棒にたやすく見えている背後いたけだかなる罵声を許す
前衛には遠き片隅の群れとして拍手をおくる一人一人の
学連旗たくみにふられ訴えやまぬ内部の声のごときその青
闘わぬ党批判してきびしきに一本の煙草に涙している
戦いて父が逝きたる日の祈りジグザグにあるを激しくさせる
プラカード持ちしほてりを残す手に汝に伝えん受話器をつかむ

「意志表示」は、「Ⅰ・意志表示・4月26日」、「Ⅱ・Y・K・に」、「Ⅲ・5月13日・国会前」の三章に分かれている。

「Ⅰ」章の、四月二十六日の岸上の行動については、すでに少しくふれたが、国民会議第十五次行動日に当たるこの日、六万五〇〇〇人が、国会へ請願デモ（この段階で請願者は五〇〇万に達していた）。国民会議の請願運動を「お焼香デモ」と批判する全学連一万数千人は、国会構内集会方針を立て行動を起こした。全学連主流派の尖鋭は、唐牛健太郎委員長を先頭に装甲車を乗り越え、装甲車上から激しくアジテーション。学生たちは次々とバリケードを超え、国会構内に雪崩れ込んだ。唐牛ら十七人が現行犯逮捕された。この「4・26バリケード突破事件」以後、国会請願行動は急増、自民党は四月強行採決を諦め、会期延長に望みを託した。

装甲車踏みつけて越す足裏の清しき論理に息つめている

は、その情景を行為する者の内部に遡行し、鋭く描き切った作で、安保闘争が生んだ文学作品の中核をなす作と私は、いまでも思っている。

頭脳内の論理ではない。足裏、すなわち行為に至る論理だ。「息つめている」の措辞が美事である。しかし、この作は、「意志表示」二十一号の七首「意志表示せまり声なきこえを背にただ掌の中にマッチするのみ」を発表した「国学院短歌」三十一号の七首「意志表示」には収められていない。直近の作であろう。

「短歌研究」新人賞応募のため岸上が、創作を開始したのは、四月十七日以前である。その日の日記に「「短歌研究」新人賞応募作〈答案用紙〉完成近し。岸上大作氏一代の迷作」とある。「完成近し」ということは、五十首を纏めることであり、これはかなりの時間と労力を必要とすることである。小説に換算するなら、五十首連作は中編小説、いや初めて挑む者には長編のそれであろうから、岸上はかなりの準備をしてきたのであろう。

だが、「答案用紙」五十首は応募されることはなく、急展開をすることとなる。その原因は、4・26の衝撃、そして新入生Y・Kの登場である。安保闘争、Y・Kへの相聞を軸とした作品の多くは、Y・Kへ清書を頼む前日五月二十四日までの、日数に数えればわずか一月に満たぬ二十六、七日間の作である。その旺盛な創作欲と緻密な構成力に、驚くばかりだ。

I章では、請願デモでの体験が多く歌われている。請願デモとは、衆議院議員面会所前を通過するデモである。そこには、机が並べられ署名所が設けられ、拇印を押したりもする。

「許されているは腕くむひとつにて請願書にわれがしている無償」「憫笑をただ招くのみ背を曲げてカレラに請わん署名している」「拇印に拭いし朱肉いれられぬひと日を審く証しとならん」らの作は、徒労に帰すであろう行為と、「カレラ（自民党政府）」へ乞わんとする屈辱、そうまでして拇印を押して免罪符を得ようとする卑屈さが、率直に歌われている。むろんその対岸にあるものは、「請願」を拒否した抗議行動に立ち上がった者たちだ。

唾棄すべき煙草をはさむ唇ながら彼らをかばい尖鋭となる
たかぶりてその行動を目守りいるにただ〈はねあがり〉とやすやすという

の二首が、候補作でI章に選ばれず除かれていることを惜しむ。「はねあがり」は、日本共産党の「統一戦線」に従わない行為に対して容赦なく浴びせられた。「もうひとつの壁は背後に組まれいて〈トロツキスト〉なる嫉視の烙印」の「トロツキスト」も同様である。「国学院短歌」既発表の何首かも、前後の歌の配置によって、新たな意味を付与された一首として立ち上がってくる。短歌という詩型は、一首一首が独立しているはずだ、しかし前後の配置によって新たな役割が付与されるのである。それが、連作発表の妙味でもある。

つぶさにこれらの歌を読んで、「国学院短歌」既発表の何首かが、前後の歌の配置によって、新たな意味を付与された一首として立ち上がっているなと思った。

「意志表示せまり声なきこえを背にただ掌の中にマッチ擦るのみ」の巻頭歌をもう一度繰り返そう。この闘いに参集した一人の青年の背後には幾億もの民の声なき声が谺し、どよめいているはずである。それらの「声なきこえ」を背負いながら、安保闘争を「第二の戦争」と規定し戦う自分ではあるが、掌の中に祈りの灯を点すことしかできはしないのだ。闘争の非力を知る青年の醒めた孤独感が五句三十一音の血脈の中に寂として漂流している。

デモや政治集会を体験したことのない人々には、分かりにくい歌であるのかも知れない。しかし、唇にのせてみるなら、緊迫したリズムや屈折感は、音として伝わってくるはずである。ところで短歌は、「われ」「私」「俺」の一人称から多く発せられる詩型である。短歌は、一人称詩型「イッヒ・ロマン」を宿命としているといったのは寺山修司であった。彼は、一人称を逆手にとって、あらゆる状況の中に、現実の私ではない、私を投入して「無私」を標榜していながら、投入した「私」に多様な役割を与えてしまうのだ。

であるから、私なども当初（歌集を読んだ学生の頃）、作者である岸上自身が装甲車を踏み越え、国会に廻らされた阻止線を突破したのであろうと思い込んでいた。しかし、岸上の日記や、手紙を読み返してみたが、そのような事実はない。岸上の最も身近にいた歌人高瀬隆和はそのエッセーを纏めた『岸上大作の歌』でこう述べている。

「岸上の歌の多くは現実に即した歌であって、創作や架空の行為や心情を歌ったものは少ない。〈意志表示〉前半部分は実体験というよりも、時代を直視した若者のリアリズム、政治や社会を客観的に捉えた正直な心情を表現した歌であり、その後徐々に体験の伴った歌へと推移しているのである」

「政治や社会を客観的に捉えた」という部分には異論もあるが、行為を超えた迫真のリアリティがあり、その志操と心情において誰よりも戦闘的に装甲車を乗り越え「清しき論理」と対峙したのである。最も戦闘的に戦う全学連（や若き労働者）の志操と心情を代弁したといっていい。「私性の拡散と回収」という寺山の短歌理論を敷衍してこの歌を解釈すると、「装甲車」の一首は、ずいぶんと安っぽいものになってしまう。寺山修司の意識的方法をもってしては、断じて書けない一首である。

学生歌人岸上大作は、六〇年安保闘争の最も突出した部分を短歌をもって（感性的に）思想化してみせたのである。

これらを書き写しながら、あの時代を思った。都内の男子高校三年生の私は、五月の夕刻、早稲田大学本部前の大集会の後、えんじ色の学園旗を先頭に国会へ向かう長蛇の列を見送っていた。敗戦から数えて十五年、「意志表示」という語感が、切実さをもつ時代であった。酒場に入れば、人々は高々と軍歌を歌っていた。駅頭には、アコーディオンを抱え「異国の丘」を唄い、木の箱で募金する傷痍軍人の白衣がさむざむと風に吹かれていた。

戦列のくずれし一角・台風義損募金している白衣傷兵

傷痍軍人を詠んで優れた岸上の若き最晩年の作ではある。

Ⅱ章にいたり、はっとする。

　すぐ風に飛ばされてしまう語彙にして拙さのみの記憶とならん
　ライターの点かぬまま煙草くわえおり見抜かれながらポーズのひとつ

会話を快活にはこびえない自身に対するもどかしさ、下心などの、いってしまえば歌にもならないはずのそんな思惑が、格調をもって歌い込まれているという手腕である。それらを可能にするのは、「風」「語彙」「記憶」「ライター」「煙草」「ポーズ」といった言葉たちである。一首目は、「語彙」などという一種観念的語が、「風」と向き合い新鮮な働きをし、拙かった愛の表白の数々を呼び起こし、二首目は火のつかないまま煙草を咥えているそんなさまさえも、ポーズとして見抜かれてしまっている自身の不甲斐なさである。

「ロダン」の作は、集中の自信作であろう。「答案用紙一枚」の作も、心理の遣り取りを歌って美事。最初の応募作「答案用紙」は、この作から思いついたのかもしれない。「Y・K」への一連に入れこむことによって、更なる意味を獲得した。

「海のこと言いてあがりし屋上に風に乱れる髪をみている」までを書いてきて思うことは、ミッションスクールを卒業後、女子寮から通学。この四月、いまだ十九歳になったばかりの沢口芙美、いやまだこの時代は角口芳子（Y・K）のたえず「見られている」という痛苦である。見られているのは髪ばかりではない。「カタログを繰るとき見せている窪みその手に書かれん答えおそるる」ではないが、手の「窪み」まであからさまに見られているのだ。

Ⅲ章の「5月13日・国会前」。岸上の、この日の日記については、すでに書いた。この日、国会前、全学連主流派（午後一時）安保阻止総決起大会に一五〇〇人が参加している。岸上大作は、確かにその中の一人であった。

一首目、「地下鉄の切符に鋏いれられて」、これも説明が必要だ。自動改札機が登場するまでは、国電（いまはJR）でも私鉄でも、改札口には駅員が立ち、乗客の切符に鋏を入れ、降客の切符が不正がないかを確かめたものである。

路面電車でもバスでも、車掌が切符に鋏をいれた時代もあった。人と人との交流は、ぎくしゃくしてはいなかった。貧しかったが、明日に向かって大人も子供も手を携えて生きていたように思う。たとえば、西田佐知子が唄い、この時代を象徴することとなる「アカシアの雨が止む時」（作詞水木かおる／作曲藤原秀行）は、大人も子供も老若男女、日本中の人々が、それぞれの場でそれぞれの声で唱ったものである。ラジオから流れる歌謡曲を通して、大人と子供は手を繋《つな》ぎ合っていたのだ。いまは、大人と子供たちを繋ぐ共通のものが、まったく断ち切られてしまった。

アカシアの雨にうたれて
このまま死んでしまいたい
夜が明ける日がのぼる
朝の光りのその中で
冷たくなったわたしを見つけて
あの人は
涙を流してくれるでしょうか

アカシアの雨は、六月の雨、安保闘争をふくめた、あの時代の人々の悲しみを代弁してくれたと言ってよい。

さて引用した二首目、「プラタナスの葉影が覆う群れ区切り拳銃帯びし列くまれいる」は美事。刻々と迫り来る危機を伝えている。六首目「学連旗たくみにふられ訴えやまぬ内部のごときその青」の「学連旗」は、ブルーの全学連旗。

ここまで書いてきて、「学連旗たくみにふられ訴えやまぬ内部の声のごときその青」の一首を、私は、「学連旗たくみにふられ訴えやまぬ内部のごときその青」と暗誦していることに気付いた。下句「内部の声のごときその青」から、「声の」が抜け落ちているではないか。

歌集編纂時に、「声の」が抜け落ちてしまったのだろう。以後、思潮社版全集、角川文庫、現代歌人文庫と「声の」が抜け落ちたまま、版を重ねてきてしまったのだ。以来、五十九年、ここに改めて誤りを訂正しておこう。

学連旗たくみにふられ訴えやまぬ内部の声のごときその青

さて、集会のあと、デモが組まれるのだ「一列八人!」

最前列は、水平にした短めの竹棹を各自が両手で握り、デモ指揮は棒を片手で引っ張るように歩き出す。旗を先頭に隊列は進んでゆく。「シュプレヒコール、日米安保条約を粉砕するぞ!」「シュプレヒコール、岸内閣は、直ちに退陣せよ!」「われわれは最後まで戦うぞ!」

戦いて父が逝きたる日の祈りジグザグにあるを激しくさせる

デモが激して「ジグザグ」になる。デモ指揮は、最前列に向かい合い、両手で水平にした竹棒を握り、「ワッショイ！」と声を発する。デモ隊は背をかがめジグザグに道路を走り抜ける。「ワッショイ！」の掛け声は、やがて「安保、反対」「安保、粉砕！」の連呼となって、道路をZ状に駈け抜けてゆく。岸上大作の数ある絶唱の一首といおう。

プラカード持ちしほてりを残す手に汝に伝えん受話器をつかむ

岸上大作の行為は、すべからく受話器へと帰着してゆく。

五月十九日、全学連「非常事態宣言」を発し緊急動員、激しく降り続く雨の中、国会を包囲。総評・国民会議は急遽夕方一万人請願デモを指令。国会では、五〇〇〇人もの警官を導入し廊下に座り込む社会党議員たちを排除、自由民主党は、会期五十日延長を三分間で決議。一方、衆院安保委室では、抜き打ち的に新安保条約、安保関係法令整理法案までもが委員会採決され、承認可決された。

全学連七〇〇〇人は、国会強行突破を計り警官隊と激突。学生三〇〇〇人が、首相官邸中庭を占拠。

岸上が、「意志表示」を完成させた翌日五月二十六日には、実に十七万人もの空前絶後の人々が、国会を包囲した。岸上大作に大きな影響を与えた吉本隆明は、ブント・全学連と行動を共にすべく「六月行動委員会」を立ち上げる。

4

六月に入り岸上の日記は、俄に慌ただしさを増してゆく。

六月一日「自治会委員会に出る」。三日「第一回学生総会第三日（一時―七時）」。四日「六・四闘争、全学連反主流派デモに参加、／（渋谷―千駄ヶ谷―国会―米大使館―新橋）一時―七時」「國學院から二百五十名」「銀座から地下鉄でKと」。

この期に及んで「反主流派」の（焼香）デモと思わないでもないが、学生指導部の方針に随ったのであろう。国民会議第十七次統一行動日にあたるこの日、総評など6・4ゼネストに突入した。国鉄労組は東海道線を止め、運休列車は二二〇〇本と空前の規模、乗客とのトラブルはなかった。全国で五六〇〇人がデモに参加。

六月十日、アイゼンハワー米大統領の訪日打合せのため、ハガチー（米大統領新聞係）秘書官が来日したが、羽田空港出口で労働者、全学連反主流派のデモ隊に包囲され、米海兵隊のヘリコプターで脱出。この日、ブント全都代表者会議は、6・15国民会議統一行動日に、国会に突入無期限座り込み方針を決定、特別行動組織を結成。だが、岸上の日記には日本中を揺るがしたハガチー事件、安保の記述はない。岸上の日記を引く。

「○肉四十五円、ミルク四十円、midori 五十円」の記述の後、「Kと帰る、「カスミ」で一時間足らず。／全てひとりの思いすごしであったのか。少なくとも、そう思いたいのか」

「midori」は、二十本入のハッカ入の煙草、たしか五十円だった。「カスミ」は、渋谷にあった喫茶店、高瀬やK、短歌会の仲間たちとよく出入りしていた。「ミルク四十円」とあるのは、「カスミ」で注文したものだろう。二年も後輩の女の子と割り勘で岸上は、お茶を飲んでいたのか。日記帳に頻出する「ミルク五十円」の謎が、いま解けた。煙草を喫うくせにコーヒーではなく、ミルクを注文する岸上があわれだ。栄養を考えてのことなのか。

「もうひとつの意志表示」は、この頃書かれたものだ。なんとしたことだ、恋する十九歳の少女に、おのれの不甲斐なさを抗議しようというのか。

　ひとりのみに呼びかけ狭き声ながら行動隊にてピケ張っている

デモ解きし銀座に並べあう肩にもうひとつの意志表示といわん
耳うらに先ず知る君の火照りにてその耳かくす髪のウェーブ
面ふせてジグザグにあるその姿勢まならうらながら別れは言えり
あおぎ飲む牛乳スタンドこの午後のデモにてともにありしターミナル
ボックスに背を投げてゆく習性のいつよりならんと待たされている

少女を常に意識してのデモ参加であったのか。「耳うら」までもに想いをめぐらせながら……。しかし、中に「面ふせてジグザグにあるその姿勢まならうらながら別れは言えり」の絶唱がある。

六月十二日、寺山修司を高田馬場のアパートに訪問。国学院三部会（俳句、短歌、文芸研究会）で、江藤淳、寺山修司等の講演会を計画、その講師依頼のためである。寺山は、この時二十四歳。ラジオドラマ、そして長編戯曲『血は立ったまま眠っている』が劇団「四季」で上演され、脚光を浴び始めていた。寺山は、この日の印象を「私のきみと逢ったときの一ばんの印象は、きみが人と話すとき、決して相手の「眼」を見ない、ということであった」と書き、そしてこう結んでいる。「夭折ということばが亡んでからすでに日が久しい。私は夭生しているのだ。そして現実社会にあっては〈夭生〉して現実社会を変革するものだけが、戦いについて語る資格をもつものなのである」（『短歌研究』昭和三十六年一月号)。

しかし、まだ戦いは終わってはいない。

六月十四日の岸上の日記を引く。

「○第三時限受講、第四時限休、第五時限欠。／○受信、発信なし。／○パン十五円、ハム三十円、フロ十六円、キャベツ十五円。／○夜、タカセ宅訪。(九時—十二時)／○太宰『ヴィヨンの妻』。／短研一年生の会」

午後の授業を一限だけ出、Y・K目当てに短歌研究会一年生の会に出、帰路高瀬の下宿に寄りダベり、合間をみて太宰治『ヴィヨンの妻』を読んでいる。岸上大作の日記に闘争の怒りも、一片の翳りも、焦燥は見受けられない。

この日ばかりではない。岸上は学校の授業を受け、短歌会の部室に通い、喫茶店にたむろし、下宿の四畳半で本を読み、手紙や日記をしたため、切ないラブレターの文案を考えていた。アルバイトは、ほとんどといっていいぐらいしてはいない。その分、母は、息子に送金をするため、藁屑にまみれながら作業場で遅くまで残業をしていた。

5

そして迎えた六月十五日。

国民会議の第十八次統一行動、「六・一五ゼネスト」に未明から総評、中立系労組主要単産（同じ産業の労働者を単一組合に組織した労働組合。単一産業別労働組合）一一一組合五八〇万人が参加、最大規模のゼネストとなる。革命前夜の様相……。

二時、全学連デモ隊、国会前に到着。かねてからの作戦通り、全学連は南通用門に結集。四時半、全学連デモ隊が行動を開始。五時、南通用門に結集した全学連主流派の学生七〇〇〇人が、明大・中大・東大らの最強部隊を先頭に国会南通用門から国会構内に突入。門を壊し、ロープかけ装甲車を門外に引き出し、敷石を剝がし学生は一斉に投石を開始。警察隊は、放水で対抗。スクラムを組んで構内に入った学生は、座り込み集会を敢行。

七時過ぎ、排除命令が出、警視庁最強の第四機動隊は警棒を振り翳し、一斉に学生に襲いかかる。頭を割られ負傷者続出、学生は門の外に追いやられる。阻止線として張られていたトラックに火がつけられ炎上。急を聞いた市民が多数駆けつけた。双方、死者一名、負傷者五五〇人。東大生樺美智子の死が伝えれる。

八時、重傷をまぬがれた学生四〇〇〇人は再度陣形を立て直し、国会に突入、構内で虐殺抗議集会を敢行。十時、再度機動隊に排除命令が下された。催涙弾の直射撃ち、放水が学生を吹き飛ばした。逮捕者には警棒で暴行が加えられた。一〇〇〇人が負傷を負い、一八二人が逮捕された。岸上大作も、頭を負傷している。深夜、川島正次郎自民党幹事長は、赤城宗徳防衛庁長官に自衛隊出動を打診。

岸上大作は、「○全学連国会構内での抗議集会において、ついに、ぼくも警官の棍棒で割られる（十時半）。二針ぬい、一週間の軽傷」。この日、岸上は國學院の学生二〇〇人と反主流派のデモに参加。七時半頃、学友会の呼びかけに応えて主流派に合流と書いているが、前出の評伝で、小川太郎は、岸上の後輩平田浩二に取材している。

「なりゆきでそうなったのです。あたりは異様な興奮状態に包まれていました。前にいたデモの隊列が消えて、最前列に押し出されてしまったんです。機動隊がライトでデモ隊を照らしだし、壁のように立ちはだかっていました」「岸上さんは怖くなったのか、スクラムを組んだ腕を振り払って隊列を外れたがっているのがわかりました」「私は逆に余計強く腕を絞めました」。岸上は、おそらく母に迷惑をかけては、ということを真っ先に思い起こしていたのであろう。

再び、岸上のこの日の日記を引く。深夜、帰宅してから書き始めたのであろうか。

ついに、東大生の樺美智子が警官の暴ぎゃくによって殺された。そのことが、ぼくに大きなショックを与えるのは、やはり、ぼくの頭を傷つけた棍棒への怒りがあるからだろう。一日の新聞記事として一人の死は、そして数百人の学生の負傷は簡単に片づけられてしまうかもしれない。しかし死傷した人一人の人間にとって、そのことははかりしれない大きな事件なのだ。歴史というものは、そうした一人一人の人間がつくっていくものであるにもかかわらず、それが一片の記事とのみみすごされてしまって、一人一人の人間の血であがなった教訓を、いまのわれわれはもっと大切にすべきではなかろうか?

樺美智子は、一九三七(昭和十二)年十一月、東京に生まれた。父は、中央大学教授樺俊雄、ハンガリーの社会学者カール・マンハイムの翻訳者でもある。樺は、兵庫県立神戸高等学校を卒業後、一九五七年東京大学に入学。共産党「駒場細胞」が党と訣別。ブントに移行すると同時に、彼女はブントへ入り、それまで学習してきた世界認識、歴史認識のすべてをもって安保闘争に参加。この時、文学部日本史学研究室の四年生で、文学部自治会の副委員長であった。不正に目をそらす自分を許さず、強い正義感からの公憤を自らの意志へ結晶させ連日を安保闘争のデモの中に身をおいた。

樺美智子の死、そしてこの「血であがなった教訓」は、岸上の歌を鍛え直す。この年の一月、恩師山本毅に葉書で書き送った「おおきな感動につつむ感情があらわれた」のである。これらの歌があるから、私は、かくも長きにわたつて岸上大作を抱きしめてきたのである。「短歌」八月号に発表される「黙禱」七首には、「6月15日・国会南通用門」のことばがきが付されている。

巧妙に仕組まれる場面おもわせてひとつの死のため首たれている
こみあげてくるものを知るこみあげている涙のようなかたちにありて
ヘルメットついにとらざりし列のまえ屈辱ならぬ黙禱の位置
後頭部裂きて棍棒とびしまで毛根に汗は問われていたる
証かされているごとき後退ポケットについに投げざりし石くれふたつ
血と雨にワイシャツ濡れている無援ひとりへの愛うつくしくする
流したる血とたわやすくいう犠牲ぬいあわされている傷口に

国会構内で殺された樺美智子への、そして自身への問いがある。深い悲しみがある。「もうひとつの意志表示」の相聞歌を書いた岸上大作はここにはいない。そして、ついに安保闘争の文学的精華ともいうべき、絶唱「血と雨にワイシャツ濡れている無援ひとりへの愛うつくしくする」の一首を生むに至る。ここには、国会突入に怯え、スクラムを外そうとしたひ弱な岸上大作はいない。最も戦闘的に闘争を担った人のみが感じうる誇りと栄光がある。
岸上大作は、この一首をなすことによって、初めて「ソウ明で美しい」という観念を感性化し、わがものとして肉化しえたのである。積年の想いを晴らしたといってもよい。そう、「死を論理づける理論」と「倫理」を獲得したのである。「一体として大きな感動につつむ感情」を満たすに足るその「場」と「時」に遭遇したのである。ならば、もはや駆け上《のぼ》ってゆくしかない、「恋と革命と死」という、抒情詩の高嶺に向かって。革命的ロマンチシズムは、屈折し怯え懊悩していた痩せてひ弱な青年の総身に、震えるように美しく高貴な花を咲かせたのである。再び、この歌を引こう。

血と雨にワイシャツ濡れている無援ひとりへの愛うつくしくする

6

六月十六日朝、東大安田講堂前で雨の中「全学虐殺抗議集会」が開催され、各地の大学でも緊急教授会や抗議の集会がもたれた。国会周辺も労組、全学連など虐殺抗議の輪は広がっていった。この日、臨時閣議で米大統領訪日延期要請が決定した。

六月十七日、茅誠司学長は、「毎日新聞」に公式声明を発表。茅は、「この乱闘の原因を明らかにするためには、なぜ純真な学生たちがあのような直接行動をとるに至ったかを考えなければならない」とした後、

五月十九日、新安保条約を衆院で単独採決を行い憲法に定められた議会民主主義のルールをふみにじり、民主主義の危機と国会、国民の遊離という事態を作りながらその責任者たちは国会の機能回復に適切な方法をとらず一ヶ月に及んだ。たとえば解散などの方法により国会が正常となっていれば学生も平穏な意思表示の機会が与えられ、このような挙に出なかったであろう。

と述べ、学生の深い絶望を説き「一刻も早く憲法の根本理念に従い、民主主義責任政治を回復しなければならない。政治に責任を持つものはこの趣旨に基づいて根本的な解決を図るよう強く要望する」と結んでいる。

大学は国家権力をも撥ね除ける良識の府として存在していた。あれから六十年もの歳月をかけていながら、大学ばかりではない、民主主義の理念、日本人の思考の在りようまでもが直截性を失い、変

容をきたしてしまった。

この日の閣議で、十九日に迫った米アイゼンハワー大統領の訪日は延期となる。警視庁から、現在の状況では警備責任は負いかねるという建言による。翌十七日、デモ隊包囲に危機感をつよくした岸首相は、自衛隊治安出動を打診。

六月十八日、樺美智子の合同慰霊祭が東大でおこなわれたこの日、日本政治史上最大規模の国会デモがおこなわれた。実に五〇万人もの人々が国会を包囲したのだ。樺美智子の死が、人々の心をつよく動かしたことはいうまでもない。銀座の大通りを結んだ手を大きく広げて行進するフランスデモが深夜に至るまで続いた。

六月十五日朝、樺美智子は、母に心配をかけないため、「ゼミへ行く」といって家を出た。微笑の美しい人であったという。この年、母が編んだ遺稿集『人知れず微笑まん』(三一書房)は、ベストセラーとなって人々の共感を呼んだ。後に私は樺美智子に、こんな一首を捧げている。


「ゼミへゆく」と微笑み母に告げしまま六月十五日帰らず永久《とわ》に

樺美智子の死を悼む集会が各地でおこなわれた二日前、岸上は故郷の母に手紙を書いている。

「もう、麦の秋が始まっていることと思います。心配をかけるかも知れませんが、ぼくは決して面白半分でやっているのではありません。雨にぬれながら、警官の群れに囲まれ、一人の女子学生の死を悼んで黙禱をささげているときには、ほんとうに、ぼくが、全学連の激しいデモの中にあることの意味がわかるような気がします」。治療代一〇〇〇円前後の送金願いのあとに続く文章ではある。

六月十九日、新安保条約が参議院での議決を経ないまま自然承認されるこの夜、二万人ものデモ隊が、首相官邸、国会周辺を埋め、身動きできなくなった岸信介は、自衛隊の治安出動を真剣に考えた。異常な事態の中で、新安保は自然承認の朝を迎え、徹夜のデモ隊は解散した。

六月二十二日、母への返信。二〇〇〇円の送金を得たことの礼状の末尾に、「いま、短歌の雑誌では一番権威のある雑誌から、作品を送るようにとの依頼の手紙をもらい、ちょっとうれしくなっているところです。〈国学院短歌〉に最近書いたものが、編集者の目にとまったからだそうです」

スクラムに圧されいる胸ふかく〈フランスと愛は同じ涙をながす〉
むしろ弱く繃帯さらす地下街にわが狭量もさらされていん
拒否されしもの思いいるつかのまに救急車さる歓声のなか

歌集編纂時に、「黙禱」七首（「短歌」八月号）に加えられたのであろう。

岸上の傷も一週間で完治。講義に出、短歌研究会の仲間と会合を重ね、同人雑誌「具象」創刊のための会合を重ね、合間に太宰を読むといった平穏な学生生活を取り戻していたように見える。だが、日記にKという名が頻出することとなる。以前にもましてKにのめりこんでゆく。Kは電話と手紙の執拗さから、異常なものを感じた。

沢口芙美小説「風の鳴る日は……」に、こんな場面がある。六月十五日を終え、しばらくたったある日の夕暮、郊外の新開地の雨上がりのぬかるんだ道、私は、彼を遠ざけるように先を歩いた。「二三歩後を歩いている彼の視線が私の背中にじっと注がれているのを感じていた。肩から背中へ、そして歩き方までじっと眺めているのだろう。優美に軽ろやかに歩くのを期待しているのだろうか。後の視線と彼のそんな思惑を感じながら私は緊張していた。」「少しでも早く歩いて視線をのがれたい。」

「アッ」、私は、「ころびそうになって思わず上体を崩していた。」「あわてて体をたて直し、そんな無様な恰好をしたことに、闇の中で赤面した。」。「……一瞬の出来事なので、気づかれなかったのだろう」。「沈黙の続いたまま、暗い道を歩きつづけた。」

そして私は、「次の歌会で彼の歌をみて、声をあげそうであった。」

「軽やかに優美に踊りだすドガの「踊り子」のイメージを描きながら、しかも闇の中で一瞬声をあげたことも、羞恥心で赤面したことも、あわてて心の平衡をとりもどそうとしたこともすべて知っていたのだ。」

「闇の中でゆれ動いていた私の心をじっと眺めていたのだ。」

7

この頃、岸上は「具象」創刊号のために、「ぼくらの戦争体験」十三枚を書き上げている。

六月二十三日、午前十時、外相、公邸で新安保条約批准交換、発効。六月二十四日、日比谷公会堂、野外音楽堂で樺美智子の国民会議による国民葬がしめやかに執り行われ、毛沢東からは「全世界に名を知られる日本民族の英雄となった」の言葉が寄せられた。これを、樺美智子はどのように受け取ったか。岸上の短歌は、尖鋭に批判している。

日米新安保条約発効とともに、岸信介首相は退陣を表明。

「短歌研究」十一月号に発表される「しゅったつ」二十五首は、この頃作られていたのであろう。タイトル脇には吉本隆明の「みえない関係が／みえはじめたとき／かれらは深く訣別していた」の詩。

力作である。

日本語美しくする扼殺死抗議にひとり選びたる語彙
そのものの宿命のごとくする偽瞞にすりかえられて涙さそう死
遺影への礼なれば問え犠牲死と言いうるほどに果たしたる何
微笑には微笑かえさん許されてもし苛責なき位置をたもたば
まず涙まぶたにぬぐい拳をあげん選びたる聡明はつぐなえぬとも
喪の花はわたくしにのみ自己主張してきびしきになに捧げうる
血によりてあがないしもの育まんにああまた統一戦線をいう
美化されて長き喪の列に訣別のうたひとりしてきかねばならぬ
欺きてする弁解にその距離を証したる夜の雨ふらしめよ
断絶を知りてしまいしわたくしにもはやしゅったつは告げられている
靴底に黴ふかしめて立ち去らんこの雨期にしてひとつの転位
フランス語訳してしまえ花のようにかきうつす手のすでなる結論

連合赤軍「浅間山荘事件」があった一九七二年、いまだ二十代であった、私は「挽歌考」なる一文をしたためている。六〇年安保闘争から、十二年後に書かれた文章である。少しく長くなるが、敢えて引くこととする。

一九六六年早大学費学館闘争の敗北の時点で私は、六〇年代の青春を「待機する青春」と名付けたことがあった――それは七〇年反安保闘争を想定しての意志表示であったが、その待機が、爆発的エネルギーに転化した六七年十月第一次羽田闘争以降、六九年秋、安保決戦に至るまで、そのような感傷に還ってゆくことはなかった。

岸上の歌が、私にささやきかけてきたのは七〇年反安保闘争のときであった。激しく降りしきる雨が、彼の歌を連想させたのかもしれない。にわかごしらえの旗のポスターカラーが雨に溶けて、旗棹に流れ落ち、血の色に染まりながら、「この雨期にしてひとつの転位」という一節を思い起こしていた。その短いフレーズが妙に頭を離れず、後になってそれが、

靴底に黴ふかしめて立ち去らんこの雨期にしてひとつの転位

『意志表示』「しゅったつ」中の一首であることがわかった。もちろん私は岸上が六〇年にそうであったように、「立ち去る」ことも、「一つの転位」を希求することも、更には、「血と雨にワイシャツ濡れている無援ひとりへの愛うつくしくする」に岸上がこめた切実なドラマはもとより、歌一首たりと七〇年安保は生むことはないということを、すでにもう十分におもいしらされていた。まったく私たちは岸上が短歌で完結させた自己劇化とはまったく無縁な闘争を担なわなければならなかった。しらけきった状況を、救心的に自己にひきつけ、ひきつけたからといって完結してはならない内部世界を、積極的に提示しなければならなかった。

そう、情念の拡散されてゆくさまを、私たちはつくづくと思い知らされていたのである。「恋」も「革命」も「死」も「連帯」も、七〇年代にもちこされることはなかった。それらの言葉は、感傷や懐かしい情感を呼び起こしはしなかったのである。六九年秋、新左翼各派の組織的壊滅を賭けた佐藤栄作訪米阻止・安保決戦にもかかわらず、前年十一月二十一日の「日米共同声明」においてこの国の軍事路線は確約されてしまっていたし、拡大解釈された安保自動延長に花をそえるような七〇年六月であったからである。そのような現状に立って、なお岸上大作の歌をデモの中で想起していたおのれの脆弱性に腹をたてながらも、捨てられぬ岸上大作について考えていたのである。

いま少し「挽歌考」を引く。

　さて六〇年十二月の死者である岸上は、六〇年六月十五日の死者、樺美智子へ切実な「黙禱」を捧げている。それはどうやら、彼がひそかに用意していた「ひとつの転位」すなわちおのれの「しゅったつ」を告げる、自己自身に供せられるべき挽歌であり、鎮魂歌であったようだ。

「黙禱」「しゅったつ」の一連は、けっして岸上大作の挫折感からの表出ではない。一言でいえば、すぐれて敗北的であり、すぐれて勝利的である。すくなくとも歌人岸上大作の輝かしい勝利がここにある。おのれの惨めな生きざまを、六・一五とそののちの抗議集会の一場面に設定することによって、自己完結的に集中された「歌」の世界は、リアルに六〇年安保闘争の最も突出した戦いの「質」を浮き彫りさせる。闘いの中に、一つの決意として（よしんば失恋の結果であろうと）別れを告げなければならない少女への思慕は、樺美智子の遺影とかさなりあい追慕の情となって現れる。「恋と革命」の主調音はいやがうえにも昂ってゆく。そして死して還らざる者への熱烈な呼びかけをなしたとき、岸上は死を決定していたとも言えるのではないか。

8

樺美智子は、ブントの旗の下に結集した向学と正義に燃える若き活動家であった。岸上が歌ったように、彼女の死を宿命にすりかえてはならない。女性の身でありながら、蹶然として国会構内へ進撃していったのである。岸上の自殺と、樺の闘争に殉じた死を同列に論じることはできない。然し、岸上はその「感性」において、最前列に身を置くに至ったのである。

東京、府中市多磨霊園にある樺美智子の墓には、彼女が高校生時代に書いた詩が「墓誌」として彫られている。

「誰かが私を笑っている／こっちでも向うでも／私をあざ笑っている／でもかまわないさ／私は自分の道を行く／笑っている連中もやはり／各々の道を行くだろう／よく云うじゃないか／「最後に笑うものが／最もよく笑うものだ」と／でも私は／いつまでも笑わないだろう」

いつまでも笑えないだろう
それでいいのだ

ただ許されるものなら
最後に
人知れず　ほほえみたいものだ

岸上が、樺美智子の死にふれた一文がある。

福岡へ帰省中のY・Kへ宛てた七月二十一日付け手紙である。六月十五日から数えて五週間が経過している。「しゅったつ」一連の創作に岸上は向かっていたのであろう。

〈生きる〉ことを大切にするために〈死ぬ〉のだと、また〈死ぬ〉ことによって〈生きる〉ことがより輝やかしくなるのだということがいえないでしょうか。そういう矛盾したことの条件として、その時代の社会的背景を考える必要があるでしょう。そういう矛盾、不合理性をみとめるということは、つまり、その社会的背景に対する鋭い批判を意味するのだと思います。例えば、樺美智子さんの死についてみても、そういうことはいえないでしょうか。彼女がもし殺されていなかったにしても、彼女は妥協のない戦いに於て激しく自己主張していたにちがいありません。しかし、彼女は死によって、生きてするよりも、激しい自己主張、生きていることの主張をしたのではないでしょうか。自分を、生きていることを主張するということは、人間が人間らしく生きることを主張するのだと思うのですが、死によって、もっとも人間が人間であることを主張したのだというぼくの意見には、やはりそこに現代の体制に対するぼくの批判が含まれていなければならないと思います。

岸上大作は、「社会的背景」といいながら、社会的有効性という見地に立って、この一文をなしている。理不尽に殺されていった（樺美智子の死を、学生たちは、機動隊による「扼殺」と考えた）死者の位相に立ちものを言うことなど、できはしないのだが、戦いという自己主張の極限に立ち、その結果なにを獲得するかという立場から発言しているのであろう。岸上にとってのそれは、言葉による表現である。

樺美智子の死は、「社会的背景」と合致した象徴的死であった（運動史上空前絶後の大闘争六〇年安保の象徴としてその後の時代を生き抜いていった。デモ隊の先頭にかかげられたその遺影は美しく、人々のこころの中にあっていまも微笑している）。

ならば岸上は、すでにこの段階で、自身の死を、「生きてすることよりも、激しい自己主張」を考えていたのであろうか。「現代の体制に対するぼくの批判」とは、彼の短歌作品を指してのそれであろう。「しゅったつ」というそのタイトルが物語るように、自身の死によって、安保闘争の中から生まれた抒情を、最もドラマチックに完結させることを考え始めていたのであろう。「遺影への礼ならば問え犠牲死と言いうるほどに果たしたる何」の一首は、岸上大作の精一杯の「批判」であり、哀悼の意である。「微笑には微笑かえさん許されてもし苛責なき位置をたもたば」の一首も切実で美しい。生者と死者は、このように密接した関わり方をしていたのであったか。全国、何百万人もの人々が、彼女の死に涙を注いだのである。

生者と死者を結ぶ連帯の絆さえもが、無惨に断ち切られ、風化してしまってから日が久しい。七〇年代という時代を、戦って死んでいった若者たちの死は、人々の心を社会や時代を動かすことはなかった。六〇年という時代の温床にあったからこそ、岸上は容易に死ぬことができたのである。彼には密接に関わっている人々がいた。彼の死を悲しんでくれる友人がいたということである。

とまれ、「フランス語訳してしまえ花のようにかきうつす手のすでなる結論」の一首は、岸上の心情を正直に歌い得た相聞歌の秀逸である。

ゆるやかな歩みと言えど疲れやすく肩おもくシャツに首いれて　夏

私は、ずいぶんと丁寧に『岸上大作全集』を読んできたつもりであったが、いま初めて全集版

「しゅったつ」三十首の最後に置かれたこの一首に目を注いだ。緩慢なリズム感が、他の一連のリズムにそぐわない。「首いれて夏」の結句が、不吉に響くのはなぜか。

しゅったつ

1

六月十九日、全学連など安保阻止のデモ隊二万が国会、官邸を埋め岸首相は官邸に閉じ込められた、自衛隊の「治安出動」を検討する異常な雰囲気の中で、新安保条約は自然承認の時を迎えた。日米安保条約批准を機に岸内閣総辞職。この日の岸上の日記「○発信、受信、自治会委員会。（ハガキ）／○挽肉三十八円、茶五十円。」以外の記述はない。二十二日、負傷していた頭の「ホウタイがとれる」。以後、連日「K」「角口」の記述。この間、「具象」の会合が頻繁におこなわれる（渋谷喫茶店「カスミ」）。三十日ノ日記には、会費の出し入れなどが細かく記録され、岸上の几帳面な性格を窺われる。「具象」メンバーは、国学院からは、高瀬隆和、岸上大作、角口芳子、平田浩二、山口礼子の五人、東京教育大学から林安一、津田正義、共立女子大から沢口千鶴子、中央大学から田島邦彦。以上、大学歌人会のメンバーである。

七月七日、にわかに日記が花やぐ。「○久留米に帰省するKを品川よりおくる。下北沢で六時四十分に逢い、小田急で新宿へ、中央線で東京へ。七時五十分発、大垣行準急東海二号で、品川は七時五十九分。」「七夕祭の朝わかれる。真赤な胸と肩と背中を露わにした上衣に例のスカート。ネックレス生毛が生えている。白い背中ばかりみていた。別れの間際に、矢内原伊作の『抵抗詩人アラゴン』を手渡す。」

十日の日記には、「▽昭和史関係文献」として二十数冊を列記。十六日には、吉本隆明『異端と正系』(三百八十円)、十七日には吉本隆明『抒情の論理』(三百六十円)他を買い求め、「帰省中の読書予定」として、エンゲルス『反デューリング論』を筆頭に二十冊近い思想書を列記。岸上大作の内に、安保闘争はいまだ終りを告げてはいない。二十三日、自ら会計を担当、印刷所に通い校正を担当した同人誌「具像」を創刊。「ぼくらの戦争体験」十一枚、「もうひとつの意志表示」十二首を発表。七月三十一日、帰省。


母のもとにあって岸上は、太宰治を読み、カミユを読み、吉本隆明と向かい合う。高校時代の教師、山本毅先生、山下駿先生宅を訪ね、姫路へ行き映画を観たりもした。帰省後、「受信」「発信」を繰り返したY・Kの記述が無くなる。八月二十二日「○発信　Y・K(封、速達)。受信ナシ。」の記述。二十六日「○発信、受信ナシ。／○無為。」　二十七日「○発信、ナシ。　無為。」の二行をもって八月の日記は終りを告げる。

「風の鳴る日は……」を手許に引き寄せる。

「夏休みに「妥協のない闘いを斗う」という手紙をもらった。」「安保斗争の経験で妥協のない斗いというのがどんなに熾烈なことか、嫌というほど程思い知らされた。」「一体この人は言葉をどれ程の重さと意味をこめていっているのだろうか、と疑問さえ起こってくる、返事は出さないままだったが……。」

やはりそうであったのか。自殺をほのめかしての求愛を、「彼」は「私」に迫っていたのであったのか。彼は、帰省先で観た邦画の、自害したお姫様にことよせて、こう書いてきた。「僕は彼女の自害に感動を覚えました。「生きる」ことを大切にするために「死ぬ」のだと、また「死ぬ」ことによって「生きる」ことがより輝やかしくなるのだといえないでしょうか。」

夏休みは終わった。彼女は、上京したくはない。だが……。

精一杯上京を延ばしこれ以上延ばすと学期末の試験に遅れるという日、汽車に乗ったが、汽車が小田原を過ぎ街並みがたてこんで次第に東京に近づいてくる頃、体中に恐怖感が走ったのは何故だったのだろう。このまま家に帰りたいという衝動にかられたのは何故だったのだろう。

初めは返事をだしたが、その後は「迷惑だから」と断ったまま返事を出していなかった。

「もしかしたらこの人は自殺をするかも知れない」、夏休みの何通かの手紙でそんな予感がしていた。九月に上京して以来、彼の影が一つの威圧感になり電車の中でも渋谷の街でも学校でも絶えず追われているようで伸びやかな気持になれないでいた。

岸上はいつ、上京していたのであろうか。八月十七日発信の「短歌」編集長富士田元彦への手紙では、九月二日の座談会に出席の由、書いているから、前日の九月一日にはすでに上京していたことだろう。日記は、八月二十七日「○無為」から、中断されたままだ。

日記が再開されるのは、九日後の九月五日「○第一次限欠、第二次限休、第三次限休／○発信ナシ。受信　Y・K（封）」。

Y・Kからの久振りの受信が書く気を起こさせたのであろう。

その三日前の九月二日に、岸上はすでに上京していた。

九月二日、「短歌」十月号の座談会「明日をひらく〈新鋭歌人座談会〉」に、岸上は出席しているからである。出席者は他に、清原日出夫、小野茂樹、稲垣留女。司会は、「短歌」編集長富士田元彦。場所は、飯田橋のレストラン大松閣。この時の肖像写真が、遺稿歌集『意志表示』、角川文庫版『意志表示』に使われている。縞模様の長袖シャツの腕を捲り、白いテーブルクロスの上に肘をのせ両手を軽く結んでいる。斜め横に置かれたカーネーションに目を注ぐように俯いている、柔らかな髪をした十三貫そこその、二十歳と十一ヶ月目の岸上大作の表情は、みるからに痛々しい。スープ皿のスプーンがなぜか心もとない。

この座談会は、当時立命館大学に在学中の清原日出夫が、郷里の北海道から関西へ向かう途中下車を狙って急遽、企画されたものだ。清原は岸上より二歳年長、立命館短歌会に所属し、安保闘争を闘った直後であった。後年刊行される歌集『流氷の季』の第一章「五月の檄詩」は、学生時代の私に、思い詰めた岸上のそれとは異なる、ヒューマンな感動を与えてくれた。

わだつみの像を花束埋めゆき　ああいま欲しき理解ある批判
不意に優しく警官がビラを求め来ぬその白き手袋をはめし大き掌
何処までもデモにつきまとうポリスカーなかに無電で話す口見ゆ
日本に老いて白衣をいまに捲く婦人の励ましよ幾日を支ふ

小野茂樹、稲垣留女は、私がいた早稲田短歌会の先輩で、小野は、岸上より三歳年長、香川進の主宰する「地中海」に所属し、精力的に活動していたが、処女歌集『羊雲離散』を刊行した翌々年の七〇年五月、不慮の事故でこの世を去っている。白い繃帯に包まれた棺の顔が忘れられない。稲垣は国文学者稲垣達郎の息女、美貌の人で学生の私は歌会に同席している。

座談会には当初、清原とは同郷で立命館短歌会に所属していた坂田博義も出席が予定されていたが、不都合が生じ欠席。坂田は、安保を闘った翌年、岸上のあとを追うように自宅で縊死した。結婚したばかりの妻が残された。二十三歳だった。坂田には、これらの歌がある。

霧ふきて日昏れんとする屋上に滂沱たり吾が心の府
オキシフルが傷に泡立つさわやかな痛みのごとき朝あけはきぬ
獣肉を吊るせる大鉤みていしが溢れんとする吾にあらねば
いつよりのたてじわ切りきずさながらに蒼く額にきざまれたりし

一首目、二首目は絶唱である。四首目は絶筆。坂田博義の死が惜しまれてならない。

だが、話を前に戻すこととしよう。座談の内容は、「生活と文学」「政治と短歌」などがテーマになっていたが、岸上にはすでに人の言葉を受け止め、相手の話す内容に沿って論を展開するゆとりはなかった。そうかといって、強引に自説を主張し、場をリードする覇気も窺われなかった。座談に集中していなかったのか、質問されて黙り込んでしまう場面が多すぎた。あとは硬直したブント理論を捲し立てるだけだった。「結局、最後の敵というのは資本主義体制そのものにあるわけですが、その敵を倒す前にいろんな敵を倒さなければならない。その敵を倒す闘いを孤独に進めていこうと思うんです」

年長の小野が問う、「敵を倒すのが最後の目的?」。岸上が応える、「ぼくにとっては。」。司会者が間に入る、「じゃあこの辺で……」。

それにしても、奇妙な終結部分である。なぜこうまでも悲愴な「政治青年」ぶりを演じようとしたのであろうか。「孤独に進めていこうと思うんです」の「孤独」について、岸上大作は、実はこう言いたかったのではないのか。

「文学(短歌)することでもって、社会の変革に何ほどかの貢献をしうるものと考えるのは誤りである。文学(短歌)することは、あくまでも選ばれたる少数者の苦しい、しかし空しい営為なのである」

「つまり文学者は文学者として社会的に存在するのではなく、あくまでひとりの人間として存在するのであり、そのひとりの人間として存在するものが、自分自身の「個」と現実社会との格闘の苦渋のなかから文学を生もうとするものであるから、それは無償の、またそれによって何らの社会変革への貢献もなしえない営為なのである」

「短歌」十一月号に載った「寺山修司論」の終結部分である。座談会「明日をひらく」から数えて十九日目にあたる九月二十四日に脱稿している。

連日のように日記に登場していた「K」のイニシャルが、次第に姿を消してゆく。なにがあったのだ岸上！

再び、「風の鳴る日に……」を引く。

「度々教室の入口で待っており、郊外の体育実習の時は門の前に立っていることがあった。」「手紙の内容に立腹し、会った時に反論しようと思いながら、自信のないような物の言い方、相手の顔を正視しない目のやり方をみると、」「言いたいことを胸一杯にためながら喉のあたりで言葉がとまっていた」。「私」のモノローグは、なおも続く。

「ところが手紙になると急に饒舌で断定的で高飛車になり、行動も決して後に引かない強さで「ついてこないで」といっても教室から電車に乗るまで黙ってついてきた。」「私は神経がヘトヘトになっていた」のである。

連日の尾行に、声を荒げたこともあった。

「国家独占資本主義とか革命へのエネルギーなどと簡単にいうけど、その言葉にどれだけ責任がもてるというの。デモの経験を強調するけど、あの六・一五のデモの時はあなたも恐怖感で逃げたでしょう。」「本当に現実の重さに耐えて斗っている人や傷ついている人からみれば、ずいぶん安易だわ」

私の言葉にちょっとたじろいだ様子をみせたがそれには反論しないまま、下を向いて

「僕は妥協しない」

と低くつぶやいた。

会話にならないまま——それはいつものことであったが——いつも自分の論理を循環させて妥協しないとつぶやく姿に却ってうす気味悪さを感じていた。

2

しかし、そうした中、「短歌研究」新人賞に応募した「意志表示」が推薦作となり、九月号に四十首が掲載される。ところが、新人賞について日記には、一言もふれてはいない。

「意志表示」を選考委員の一人岡井隆は、こう評している。

「一連を読んで、材料を処理する手つきの冷静さを感じた。とにかく、こういう湯気の立つような材料を、しかも、その渦中にあった一人の立場に仮託した形で」「料理するのは、容易ではない」「ところがこの作品には、内省の筋が一本通っている。沸騰する材料を、一たん作者という器を通してから、

表へ出している」

拍手して学生群に近づける妻の後方より妻より激《げき》し
旗は紅き小林《おばやし》なして移れども帰りてゆかな病むものの辺《へ》に
雨脚のしろき炎に包まれて暁《あけ》のバス発《た》てり勝ちて還れ
キシヲタオ……しその後《のち》に来んもの思《も》えば夏曙の erectio penis

さすが、歌集『土地よ、痛みを負え』で、市民（医師）という位相のもとに六〇年安保闘争を立場から、歌った人の言だ（……「岡井さん！　あなたの「土地よ、痛みを負え」がみられなくって残念だった。あなたは、吉本隆明と殺し合いをしなければならない！」と絶筆で書いた岸上は、この歌集を見ずに死んだ）。

ともかくも『短歌』八月号「黙禱」で、歌壇にデビューを果たした岸上は、学生歌人としてにわかに注目されるようになる。九月十一日の日記を引く。

「発信ナシ。受信　日本短歌社（「短歌研究」十一月号原稿作品三十首依頼）」

日記には、この一行しか記されてはいないことが不思議に思う。というのは、短歌作品は、タイトルをつければ、二首から連作は可能だ。三首なら完膚なくドラマを構成できる。三十首ともなれば、中編小説に相当するであろう、しかも短歌ジャーナル誌からの破格の原稿依頼である。それを二十歳の岸上は、誇らしく、また嬉しいとは思わなかったのか。

自身に言い聞かせることが面倒になっていたのであろう。あるいは日記に対しては、他の意図が働いていたのかもしれない。それは歌人岸上大作の作家としての矜持であり、死後読まれることを意識していたのかもしれない。それが証拠に、九月三十日、母への手紙には得意満面とした素直な文面で綴られている。

「一昨日から三日間休みです。明日、一課目あって、それで試験は終わりです。原稿も書いてしまったので、いまボンヤリしています。昨日、原稿をもって編集者に会いに行ったらまた12月号に作品をたのまれました。10月号で座談会、11月号で原稿ふたつ、12月号で原稿ひとつでこのところ毎月ぼくの作品が雑誌に出ます。〈短歌の明日をひらく〉新人として、ぼくは少し買いかぶられているようです。しかし、本代だけは原稿でかせげるので、いいでしょう」

文中の、編集者は、角川書店「短歌」編集長の冨士田元彦。この年の春、早稲田大学文学部を卒業、入社と同時に中井英夫から編集長のバトンをタッチされた。「国学院短歌」三十一号に載せたエッセー「閉ざされた庭」が、冨士田の目にとまったことが、歌壇デビューの切っかけとなった。

この日、岸上は図書館通いの末ようやく脱稿となった「寺山修司論」を、冨士田に届けている。十月になってからの日記は、中断同然である。十月二十一日を引く。

「誕生日。(第二十一回)」の、わずか八文字。

3

安保闘争を果敢に戦った全学連は、その後どうなったのか。

七月に入り、全学連第十六回大会が、日共系、革共同系不参加のままブント系のみで、開催。反主流派(日共系)は、全国学生自治会連絡会議(全自連)を創設。七月二十九日に開催された共産主義者同盟(ブント)第五回大会では、東大細胞から執行部批判がなされた。すなわち、最大の盛上がりをみせた6・18の安保阻止統一行動で、何もしえなかったことは中央の情勢分析の誤りによる。このため政治危機を革命情勢に転化できなかった。以後、ブントは統一機能を喪い、分裂してゆく。

十月十二日には、社会主義運動家で「演説百姓」と囃され「人間機関車」「ヌマさん」の愛称で、人々から親しまれた社会党委員長浅沼稲次郎が、日比谷公会堂で総選挙に向けて開かれた三党首演説会で演説中、十七歳の右翼青年(元日本愛国党党員)山口二矢に刺殺されるという大事件が起きた。

六〇年安保闘争に共産革命の危機感を抱いた右翼による悲惨な結末であった。浅沼刺殺に抗議するデモ隊は二万人にふくれあがった。山口は、二十日後の十一月二日、練馬の東京鑑別所の単独室で首吊り自殺した。遺書はなかったが、支給された歯磨粉で壁に「七生報国天皇陛下万歳」と大書していた。

岸上の最後の作品となる「十月の理由」の中にこの一首がある。


平穏に身は閉じ込めている午後を政治の中のまた怒りの死

十月十二日午後、日比谷で起きたテロルを歌ったものであろう。「怒りの死」とは、樺美智子虐殺に続く「政治の中の」死を意味しているのであろう。しかし、これだけしか踏み込むことができなかった、岸上の衰弱がある。

同人誌「具象」に集結した中央大学生の田島邦彦は、「十月の理由」制作時の岸上に立ち合っている。「作歌上の行き詰りは、すでに彼を襲っていた。〈口蓋に喫煙にがく試さるる余裕に手紙ひらかれぬまで〉を、ぼくの〈口蓋と舌とをめぐる喫煙のあとに思索の残りてにがし〉から借りるころから、旧作の焼直しを始めていた」（『岸上大作全集』栞）と回想している。田島が指摘した「口蓋に」の一首は、「短歌」十二月号誌上では、十二首目に置かれ発表された。

二十五日発行の「具象」二号に、「戦争責任・戦後責任」三枚で沼空「倭をぐな」にふれ、同人ノート「Q」に太宰風の戯け「ああ、いってくださいまし。あたたかい部屋が必要なのでしょうか。ひとりの女に子供を生ませなければならないのでしょうか。」

この頃、事件が発生。短歌研究会は大学祭で、吉本隆明講演会を予定。準備にとりかかっている矢先、大学当局から中止勧告を受けたのである。理由は、「革命の詩人、吉本隆明来たる」のビラが当局の目にとまったためである。十一月二日三日の両日、短歌研究会総会がなされた。短研責任者である岸上がつよく推進、実現にこぎつけた企画であった。二日の総会の結果は、「強行」すべきは、角口、磯前の二名。責任者の岸上は「保留」の立場をとった。しかし、参加者が少なかったため翌三日再度採決がなされた。岸上は、角口らと歩調を合わせ「強行」に転じたが、「中止」が多数をしめ勧告を受け入れることとなった。会から処分者を出したくないという意向に傾いたためである。結果、岸上は責任をとり退会を申し出る。またしても岸上は敗北の苦い塊を呑み込んだことだろう。が、処分をまぬがれた安堵感はあったかもしれない。「短歌研究」十一月号に「しゅったつ」二十五首、「短歌」十一月号に「寺山修司」二十三枚が発表された。

十一月になって日記が再開された。十日には、「吉本隆明氏を御徒町の自宅に訪ねる。都美術館で日展をみる、ともにKと」とある。公演中止の辛い思いをもって、吉本宅を訪れたのであろう。だが、岸上にとっては、忘れ得ない一日となったことであろう。安保を闘った学生たちから熱い仰望を一身に集めていた評論家吉本隆明を、「限りなくソウ明で美しい人」と共に訪問し、公孫樹が黄葉する上野公園を二人で歩いたのである。しかし、もう岸上にはわずかな時間しか残されてはいない。

吉本隆明は、戦争責任論、転向論を引っ提げて一九五〇年代の論壇に登場、評論『文学者の戦争責任』『転向論』などを通して、既存の思想と剔抉し、自立の論理の確立に努めた。安保闘争では全学連を支持、「六月行動委員会」を結成し、大衆として主体的に運動に関わろうとした。六月十五日には、学生たちと国会に突入し、警視庁の塀を乗り越え、そのまま逮捕されるという落とし話がある。

岸上大作は、この夏、評論集『異端と正系』を読み、難解な『抒情の論理』を手にし、「詩集」を読んだ。

ぼくはでてゆく
冬の圧力の真むこうへ
ひとりっきりで耐えられないから
たくさんのひとと手をつなぐというのは嘘だから
ひとりっきりで抗争できないから
たくさんのひとと手をつなぐというのは卑怯だから

ぼくはでてゆく
すべての時刻がむこうがわに加担しても
ぼくたちがしはらったものを
ずっと以前のぶんまでとりかえすために
すでにいらなくなったものにそれを思いしらせるために

六〇年安保闘争の既成左翼から独立した学生たちの思想を先取りしたような詩集『転位のための十編』（一九五二年刊）を、冷めてゆく六月の火照りの中で、どのように読み進んだか。
そして、私たちの時代も読み継がれ、さらに後の全共闘世代に絶大なる影響を与えたこの一節を。

ぼくの孤独はほとんど極限に耐えられる
ぼくの肉体はほとんど苛酷に耐えられる
ぼくがたおれたらひとつの直接性がたおれる
もたれあうことをきらった反抗がたおれる
ぼくがたおれたら同胞はぼくの屍体を

湿った忍従の穴へ埋めるにきまっている
ぼくがたおれたら収奪者は勢いをもりかえす

あるいは、六〇年代後半の闘う学生を支えることとなるこんな詩の一節（「きみはいたるところで銃床を土につけてたちどまる／きみは敗れさるかもしれない兵士たちのひとりだ」）を、そしてこの詩を岸上大作はどのような想いで読んだのか。

「めをさませ　死者たちよ／きみたちの憤死はいまもそのままぼくの憤死だ／午後の日ざしや街路樹の葉かげから／魔術師のように明日の予感がやってくるが／ぼくはほとんど未来というやつに絶望だけしかみない／絶望と抗うためにふたたび荷担せよ／ぼくたちの時代に　墓地は惨憺をあいしていない／巨大なひとつのむくろとむすうの蘇生をのぞんでいる」「信ずることにおいて過剰でありすぎたのか／ぼくの眼に訣別がくる／にんげんの秩序と愛へのむすうの／訣別がくる」

日記に、再び「K」のイニシャルが頻出しはじめる。

十一月十四日「〇Kと十二時—二時（「渋食」その他）。／図書館でタカセ、Kと」
十一月十六日「〇学校に出ず。二時半頃、久我山グランドでKに逢う。『資本論』をわたす」

十一月十七日「Kと『資本論』を読み始める。下北沢「ボンネット」で、一時—二時半、序文」
十一月二十一日「昼休み、図書館でKに。／二時限のみ受。みずからの弱さに嘔吐しながら、弱さにおぼれている」
十一月二十二日「発信　Y・K。（封、速達）」

Kに速達の封書を投函したこの日、岸上は母へ葉書を書いている。これが、生前母への最後の手紙となった。しかし日記の「発信」に母への葉書は記録されていない。

「今月は、はじめに大学祭のことでゴタゴタして疲れてしまいました。金の方も何に使ったのかわからないのに15日頃に予定のがなくなってしまって学校で借りたり、ともだちに借りたりして食いつないでいます。12月の生活費として、六、七千円、できるだけはやくお送りねがえれば幸いです。休みは15日すぎからになるとおもいますが、夏休みに帰ったので、いまのところ、帰るかどうかわかりません。郵便局かデパートにアルバイトに行くかも知れません。もしそうなると、これは12月いっぱいの仕事になるので、帰れないでしょう。選挙は今度はじめて投票しました、しかし、国会をそんなに重く考えていません。大事なのは革命ですから。それではお元気で」

葉書は、まず風邪をひきかけたが治った由を報告し、大学祭。そして十二月分の生活費の早すぎる無心である。年末アルバイトの予定を記し、前々日に実施された第二十七回総選挙に、投票した由を告げている。自民党二九六、社会党一四五、共産党三議席。これが日本国中を激しく震動させた六〇年新安保反対闘争の結末であった。「大事なのは革命ですから」と、母に強がってみせる岸上の本意は奈辺にあったのであろうか。これが母への最後の手紙となった。

バス代十五円、銭湯十六円の時代の六、七千円は大金である。母は、息子の願いを聞き入れ、すぐに工面、八千円を送り届ける。この段階で、岸上は死のうとは思っていなかった。ただ意識の水面下で、死の準備は着々と進行していた。

高瀬隆和の「岸上大作年譜」(『もうひとつの意志表示』所収)によれば、十一月「十九日、六月行動委員会シンポジウムに出席し、吉本隆明に会う」「この頃から短歌作品ノートに整理か?扉に「TO　YOSHIKO」と書いた岸上大作歌集上梓の具体的な計画を漏らす」とあり、白玉書房、思潮社、角川文庫に収録された歌集『意志表示』は、すべてこの配列に順ったと説明している。

4

十一月下旬、角田芳子は登校中のバスの衝突にあい、その弾みで運転席に顔をぶつけ、鼻から口に裂傷を負い、顔を膨らませて病床にあった。小説「風の鳴る日は……」は、リアルにY・Kの状況を描ききっている。

「特に大学祭の問題では一言の反論もせず退きさがったクラブに対し、腹立たしさと悔しさが胸の中に渦まいていた。こんな気持からすれば徹底的抵抗・死という言葉は魅惑的でその論理は闇さえつやめいてくる」。

「私自身はクラブの問題や絶えず圧迫を感じている彼のことで気が滅入っていた」。そんな折での、手痛い負傷であった。

そんな病床に又葉書が来た。

「渋谷まで出てきてほしい」

出て行く義理はないし、命令口調が嫌でそのまま放っていた。夕方今度は電報が来た。

「シブ　ヤマデ　キタレ」

あまりにも他人の意志や迷惑を無視したやり方に激怒していた。

………

床の中で怒りにふるえてその電報を粉々に破った。

……………

自分がどんな行為をしているのか、他人の迷惑などかまわない程彼は自分がわからなくなっていたのだろう。

岸上大作は、この頃、関根弘の詩集『絵の宿題』(建民社、一九五三年七月)を読んでいる。中に「霧」という詩がある。この詩をテーマに短歌作品を作ろうとして果たせなかった。

俺は霧のなかで
五年間暮した
俺は霧に悩み
霧を憎悪し
太平洋から押し寄せてくる寒波と
俺の
いや俺達の
なまあたたかい体温が

霧の原因であることを発見した
俺が体温を捨て
氷になると
突然
北から
霧がはれた

上京してから二年と八ヶ月、七冊の大学ノートなどに書き続けられてきた日記の最終行は、関根弘の次の言葉をもって終了する。世界が霧に包まれていて暗いのは、俺自身の存在のせいだとでも言いたかったのか。

俺の
いや俺達の
なまあたたかい体温が

霧の原因であることを発見した

5

十一月最後の日曜日の朝、前夜深酒して就眠中の世田谷区北烏山の冨士田元彦（『短歌』編集長）のもとに突然の訪問者があった、岸上大作である。会社に訪ねてくるならともかく、連絡もなく日曜日の朝に、と人のよい冨士田も、そう思ったに違いない。常軌を逸した若者の行動である。冨士田は、刷り上がったばかりの「短歌」十二月号をもたせて岸上を帰している。

十二月号には、岸上の最後の作品となった「十月の理由」、他に一九六〇年を振り返る座談会（岡井隆、篠弘、山本成雄）が掲載され、岸上大作、清原日出夫が論じられていた。この時、冨士田は、一月号に依頼した清原日出夫の原稿を受信したことを告げている。そうか、岸上が冨士田を自宅に訪ねたのは、この件に関してであったのか。新年号の依頼を受けていた岸上は、歌を書けなかったのである。遺書を書く一週間前の日曜日である。岸上の日記にこの日の記述はない。

「短歌」十二月号発表の「十月の理由」には、例によってタイトル脇に、詞書が付されている。「飾りのない、辛い真実を直視する勇気を／もたなければならない（エヌ・レーニン）」

誕生日へなだれてはやき十月にうなじ屈するゆえの反抗
生きている不潔とむすぶたびに切れついに何本の手はなくすとも
ポケットの硬貨は投げぬ内側に涙腺ふかくゆたかなる胸
葬りはくらくみずからのうちながらつるされ首に遺骨なす箱
痩身を背広につつむぶざまにもせかれるままの歩みなるべし
縊られて咽頭せまき明日ながらしめやかに夜をわたり歌わく

「うなじ屈するゆえの反抗」とは何だろう。文字通りに解するなら、はやくも自身の誕生日である十月に雪崩れ込んでしまった。安保闘争のあったこの年の秋、私（岸上）は二十一歳の誕生日を迎える。しかし私は、未来に向かって顔を上げられないでいる。私の痩せた項は、惨めに屈したままなのである。私の沈黙は、それゆえの反抗の証左なのである。

そんなふうに私は、この一首を鑑賞してみるのだが、どうだろうか。それにしてもなんとも、女々しい歌いっぷりではないか。

二首目、この歌について説明はいらないであろう。しかし、「不潔」だとか、「清潔」だとか「ポケット」などの語彙は、男がつかうべき語彙ではないように思われてならないのだが、それは私の偏見であろうか。この都会的「女々しさ」が、この問の岸上大作の短歌の特徴といってもよい。とはいうものの、「生きている不潔とむすぶたびに切れついに何本の手はなくすとも」の一首は、岸上大作ベストフィフティーンに入れたい一首なのである。

私は、ポケットにパチンコ玉を一杯詰めこんで、デモに加わったことはあるが、「ポケットの硬貨」を投げようと思ったことはついぞない。ところで、この歌の主体は誰なのだろう。「内側に涙腺ふかくゆたかなる胸」は、自身の胸ではないだろう。この美しいフレーズは、切ない恋心から滴り落ちて結晶したイメージであろう。

内側ふかく涙を溜めたその豊かなる胸をもったあなたに、どんなに酷く扱われようと、ポケットの硬貨を投げつけるようなことがなんでできましょうか。そんなふうに解釈してみて思いついたことがある。岸上の愛の表現が、いかに折れ曲がり、鬱屈錯綜としているかということである。

六月のデモの中、「血と雨にワイシャツ濡れている無援ひとりへの愛うつくしくする」と激しく力つよく確信に満ちて歌った愛の表白は、ここにはない。愛されたいという、お情けを頂戴したいというあわれな男の哀願がなんともかなしい。「悲しい」ではなく、「哀しい」のだ。

四首目にいたり、中原中也の詩を思い起こしていた。「ホラホラ、これが僕の骨だ、」に始まる「骨」という有名な詩だ。死ぬ少し前に自身が纏め、死後、友人の手によって刊行される（遺歌集『意志表示』の成り立ちと、よく似ている）詩集『在りし日の歌』に収録されている。「生きてゐた時の苦労にみちた／あのけがらはしい肉を破つて、／しらじらと雨に洗はれ／ヌッと出た、骨の尖《さき》」。次の一節も有名だ。「生きてゐた時に、／これが食堂の雑踏の中に、／坐つてゐたこともある、／みつばのおしたしを食つたこともある、／と思へばなんかだか可笑《をか》しい」

この第三連に続く第四連は、四首目の歌の立ち姿を彷彿させる。

ホラホラ、これが僕の骨——
見てゐるのは僕？　可笑しなことだ。
霊魂はあとに残つて、
また骨の処にやつて来て、
見てゐるのかしら？

第四連のうしろに、岸上の

葬りはくらくみずからのうちながらつるされ首に遺骨なす箱

この歌を置くと、中原中也「骨」の反歌になって、対をなすから「可笑し」い。岸上のこの一連が、解りにくいのは、一首の成り立ちが複雑な構造になっているからであろう。すなわち、「葬りはくらくみずからのうちながら」は、自身の死への感慨であろう。自身の内側に静かに見えてくる風景であったのであろう。「葬りは」のあとのひらがな表記が、静やかに暗くかなしみふかく進行してゆく自身の葬りのさまが描写されている。それでは、遺骨となった亡骸を収めた箱を首に吊しているのは誰であるのか？

それは、自分だ。その秘密は、接続助詞「ながら」に秘匿されている。「ながら」に籠めた、自分自身でしかないという深い断念を思う。そうであろう、少年の日から夢見ていた「ソウ明で美しい」人を恋するという、一途でひたすらな夢、いや愛されたいという切なる夢にも無惨に敗れ、愛する人に自分の子供を生ませることもなく、死んでゆかなければならない。ならば自身の遺骨は、自身の首に吊すしかないではないか。

それと同時に、「遺骨なす箱」と重なるイメージには、「父の骨音なく深く埋められてさみだれに黒く濡れていし土」と歌い、「白き位牌持てと言われて泣きわめきし父葬る日の吾は一年生」と歌った、幼年時の脳裏に深く刻み込まれた、「葬り」の記憶がある。

思えば、自分も、父を奪った戦争に連なる第二の戦争、「安保改定をめぐる」「第二の戦争」(「ぼくらの戦争体験」)にも敗れて死んでゆくのである、と岸上はそう言いたかったのであろう。「首に遺骨なす骨」には、係累を拒絶した自分は、自分でしか自分の遺骨を抱くことはできないのだ、という絶対的孤絶への決意が表白されている。この一連をなした十月、近く決行されるであろう自身の死は、確実なものとなっていたのであろう。中原中也「骨」の最終連を引く。

故郷《ふるさと》の小川のへりに、
半ばは枯れた草に立つて
見てゐるのは、——僕?
恰度《ちやうど》立札ほどの高さに、
骨はしらじらととんがつてゐる。

「立札ほどの高さ」と、寸法を明示しているが、夭折してゆく詩人には、自身の亡骸の脇に立つ「立札」が、見えたのであろう。古来、罪状を書き記す「立札」にいいことが書いてあるわけはない。詩人もまた、自身の「ぶざま」を弾劾していたのであろう。

　痩身を背広につつむぶざまさにもせかれるままの歩みなるべし

最後から二番目におかれるこの歌には、親友高瀬隆和のこんな思い出がある。

「岸上の死後、岸上の下宿の部屋にこの背広が吊してあったのを思い出す。私には少し大きすぎたので、岸上に貸したものであった。死へと「せかれる」日々の歩みであったのか」。その高瀬隆和も、いまはいない。

　とまれ、岸上大作は中学生時代から、文学に親しみ、高校に入学してから短歌を作り始めた（昭和三十年七月）最初の一行に、「奨学生に採用せしとの報聞きて頭下げつつ事務室を出《い》ず」と歌った、その日から数えて五年と数ヶ月ほどの日数しか経っていはいないではないか。その最終行に岸上は、リルケの悲歌を思わせるこの歌を置いたのである。

　縊られて咽頭せまき明日ながらしめやかに夜をわたり歌わく

6

冨士田元彦を訪ねた六日後の十二月三日、早朝、岸上は就眠中の高瀬隆和の下宿を訪ねた。その日、高瀬は卒論の終章を纏め、清書を頼んでいたY・Kに手渡す手順でいたのだ。岸上は、卒論提出と神戸での就職試験を同時に抱え睡眠不足で不機嫌な面持ちの高瀬に、嫉妬と羨望の差異についていつになく饒舌に捲し立てるのを、うつろな頭で聞いていた。高瀬よ、君には嫉妬していないよの意であったのだろう。さらに、岸上は、薬を飲み首を吊る自殺の方法を語り始める。

卒論の締め切りと就職試験を数日後に控えている高瀬には、ゆっくりと相談にのってやれるゆとりはない。十日が卒論の締め切りだ、それまで待つように諭し、午後二人は渋谷の喫茶店に出かけてゆく。「カスミ」にはKが待っていた。高瀬はKに、卒論の清書を頼んでいたのである。高瀬にすれば、岸上をKに逢わせてやりたいという、そんな想いから岸上を同行させたのであった。

高瀬は、その晩、就職試験を受けるため神戸に行くことになっている。下宿に帰った高瀬は岸上に、時間が来たら起こしてくれと頼み、眠りに就く。高瀬は、すこしでも眠っておきたかったのだ。岸上は、高瀬の机に向かった。

東京駅から岸上も列車に乗り込んだ。東海道線は、新橋、品川で停車する。私たちの時代は、そのような見送り方をよくしたものだ。東京以外に故郷のない私も、帰省する友と一緒に列車に乗り込み、新橋で下車できず名残を惜しんで品川まで同乗したものである。

品川で下車した岸上は、高瀬を窓越しに見送った。ガラスのむこう、淋しく笑う岸上。高瀬の眼底に以後半世紀近くも残る岸上大作の残像である。

岸上の死後、岸上の下宿の紙屑籠から、高瀬が卒論に使っていた原稿用紙一枚が見付かった。それは岸上が死の寸前まで書き散らかしていた絶筆「ぼくのためのノート」の下書きであった。入念に準備されていた死が窺われる。

品川駅まで高瀬を送った岸上は、Kに電話を入れる。明日、下北沢で待つ。しかしKは、岸上の一方的手紙と電話に疲れ果てていた。彼女は、「行きません」ときっぱり言い、翌日、再びの電話を怖れ親戚の家へと向かって行った。岸上は、この春に出会った新入生でしかないKを、パニック寸前まで追い詰めていたのである。

戦争で父を亡くし、母の手によって育てられてきた青年、岸上大作。思わず私は、同じく戦争で父を喪っている寺山修司という男と対比してしまうのだ。岸上よ、寺山は君よりももっと悲惨だったぞ。昭和二十三年、三沢の米軍基地で働く寺山の母は、十一歳の寺山少年を一人、米軍将校と逢い引きを重ねた小さな家に残したまま、九州芦屋という異郷へと旅立って行ってしまった。寺山修司が、戦争の傷を受けていないなどと思ったら大間違いだ。

7

一九六〇、昭和三十五年十二月四日、空はどんより曇り、いまにも雨が降り出しそうなこの日は、日曜日であった。

岸上大作は、どのように朝を迎えたのであろうか。

朝食はとったのであろうか。

昼ちかくになって、

約束をやぶってしまった。十日まで待てなかった。昨日、君の部屋で、君がねむっている間に、死のプログラムを奇妙に冷静に考えていた。日記や手紙も、焼却せず、またこうしたものを書き残すのは、つまり、まだ生きることに執着しているのだろう。

に始まる高瀬隆和宛の遺書を書き始める。

「二十一歳と何カ月かの間に、ついに一人の女の愛も得られず、一人の女に自分の子供を生ませることができなかった男がおめおめと生き耐えて一体、何ができるというのか」「これから、下北沢まで最後のぶざまさをさらしに行って、あとは予定のプログラムを遂行します。」

そして交友の最後を、こう結んでいる。「ぼくは最後まで君が好きだ。疑ったこともしっとしたこともない。さようなら。」

「一九六〇年十二月四日午後0時半　　岸上大作」とある。

それから、岸上は「最後のぶざまさをさらしに」下北沢へ出向いてゆく。来ないことは重々承知していながら、最後の賭けを打っていたのだ。

夜になって書き始める絶筆「ぼくのためのノート」に出てくる「美しいグリンの縄」と「純白のブロバリン」は、下北沢からの帰路に買ったのであろうか。いや、行く前に買っていたようにも思われる。もしかしたら、ブロバリンをポケットにしのばせて、会いに行ったのかもしれない。

下北沢から帰った失意の岸上は、また机に向かう。高校時代からの親友で共に上京し、中央大学に進んだ雲丹亀剛に遺書を書く。

「雲丹亀よ。／これは、地理的にみて君が一番はやくみられると思ったので、山本、山下先生、加茂川、井上、奥平のみなさんに宛てたものだが君の名を借りて代表しておく。」

福崎高校教諭山本毅、山下駿先生。加茂川喜郎、井上正康、奥平泰熙は、同級生で共に文芸部で活躍した友人たち。

「日記・手紙類は焼却したかったのですが、高瀬とKさんに宛てて遺すことにした。弱々しくまだ執着している！／来年は卒業です。ぼくを除いては誰も落伍しないように。自殺なんて、何にしてもぶざまです。／みんな好きだった。一生懸命に生きてください。」「P・M3：00すぎ」

そして「短歌」編集長冨士田元彦へ。半年間の厚情に謝意を表し、

冨士田さんから、はげまされて一生懸命に書いて来たぼくの作品や文章は、ついにひとりの女へのかなしみのむなしい詠嘆でしかなかったのです。ぼくが社会主義の正しさを信じるようになり、その社会主義による未来の明るい建設に自分も参加するべく信じるようになったのも、ただひとりの女への愛のためにすぎないのです。

と、自殺の理由を証し、親友高瀬隆和に、短歌「発表の場を与えてくれと」要請、同人誌「具象」に励ましを送ってくれるように頼み、「P・M4・00まえ」と記す。それから、母への遺書を書いたの

であろうか。しかも、連名でだ。「母ちゃん、佳世、久代ちゃんに」の、佳世は、妹。久代ちゃんは、従姉の娘。

お許しください。
何もいうことはありません。

の二十字足らずに、日付と「大作」。最も力を入れて書いたに違いない「K・Y」への遺書は、母の次に書かれたのであろうか。

社会主義が正しいのです。社会主義の為に斗って下さい。

沢口芙美小説「風の鳴る日には……」は、この一行しか書かれてはいない。
遺書をしたため終えた岸上は、それから夕飯（寿司）を食べに行ったのであろう。
冬の日の暮れるのは早い、雨は降り始めていたか。学生服のズボンの裾を濡らし、レンズの罅割れた眼鏡をかけた痩せた男が、寿司屋の暖簾を潜る。岸上は、6・15国会構内での激突で罅が入ったままの眼鏡を以後もかけ続けていた。レンズを代える余裕がなかったからではあるまい、「安保闘争に参加した」ということを、ひそかなステイタスシンボルとして残しておきたかったのであろう。

釣銭をポケットに雨の暖簾を出て行く岸上が見える。此の世の名残に寿司を食って死んでゆくなんて、淋しすぎるぞ岸上。

絶筆「ぼくのためのノート」を書きだしたのは午後八時前。

Ⅲ

隣室の灯よはやく消えろ

自裁の準備を万端整えた岸上大作は、絶筆となる「ぼくのためのノート」執筆に真向から。宵からは、冬の雨が降り始めた火の気のない室内……。

岸上は、ペンをとる。

「ぼくのためのノート　岸上大作」と、題名、そして署名。

準備はすでに完了した。もはや時間の経過が、予定のプログラムを遂行するだろう。

現在8時前。あと数時間だ。ぼくの歴史は一九六〇年十二月五日午前何時かにて終了する。

それまでの数時間、まったくぼくだけのために、このノートを書き残しておこう。


に始まる、書出しは、格調、緩急ともに絶妙だ。小学校時代の日記から始まり、中学、高校、大学と日記以外にも、小説、詩、随想、わけても短歌創作で培った韻律、修辞の妙がいかんなく発揮されている。声に出して、一読すれば、さらにその感興は増すことであろう。

自分の犬死に社会主義の大義名分をかかげるのはよそう。これは、気のよわい、陰険な男の、かたおもい、失恋のはての自殺にすぎないのだ。

死ぬ時だけでも清潔にしたいとおもった。洗たくした下着、破れない両足そろったクツ下、それから、風呂に入り、もう一カ月半以上も散髪していない頭もちゃんと刈って。ところが、すべてメンドウでどうでも良いことになってこのぶざまをさらす。学生服だけはちゃんと着ておこう。これとても、もう何カ月もブラシをかけていないし、ズボンの裾は泥だらけ、膝がまるく突き出している。

私は、岸上の死から数えて一年四ヶ月後に大学に入学している。菓子パンは十円で、学食のラーメンは二十五円だったし、コーヒーは五十円だった。スクールバスの往復券は十五円で、それを倹約して歩いたものだ。たいがいの奴がサージの学生服一着で、一年間を過ごしていた。春が過ぎれば、金釦を脱ぎ、ワイシャツ姿となる。夏になれば、腕を捲る。学生服を着ればどこへも行けた。儀礼服の役割も果たしてくれた。
「ズボンの裾は泥だらけ、膝がまるく突き出している」が、なんとも無様で愛おしい。

どうしたというのだ。おまえの命はあと四五時間しかないのだぞ！　葬式の心配をしたり、おまえが信じていたひとりの女への愛をみずからけがすように、嫉妬のために彼女の悪口を書いたりして。彼女は聡明だぞ！　おまえは純情だぞ！　おまえは、そのおのれの純情に殉じるのだぞ！　うつくしいではないか！　もう9時すぎだぞ！　時間はない。

ここにきて岸上大作の（難解な）歌の、謎がはっきりと解けた。私の解釈はあたっていた。私は、中原中也の「骨」を引用して、岸上の歌を説明したが、やはり岸上には、行為を命じる俺と、命令に順う役割をもった俺とが共存しているのだ。岸上のモノローグは、ダイアローグをも兼ね備えている。絶筆は、時間の経過と共に絶妙のバランスをもって進行してゆく。完璧なる一人芝居を演じきっている。

父が戦死して以来、ぼくの家庭は極度の貧困であったため、ぼくは少年時代から、社会主義の正しいことを、否！社会主義が正しいかどうかでなくて社会主義しかないことを、自分の肌で感じとって来た。何度か、その皮膚感覚を頭により理論的理解に達しようとしては途中で放棄した。

安保闘争を経て、その関心はさらに深まってゆくのである。母からの必死の仕送りと援護会から得るわずかな収入で、岸上は惜しげなく本を買い込んでいる。七月十日（日）の日記には「本八百六十円（「中央公論」三、七月号。吉本隆明『芸術的抵抗と挫折』。岩波講座『日本資本主義一、二、別』。西郷信綱『古代文学論』）」とある。吉本以外は、古本屋の棚から安価を選びとってきたのであろう。

そのあとに続く「パン十五円、サンダル百円、レバー五十円、トウフ十五円、ショーガ十五円」の記述が、涙を誘う。本に費やす金が、食費と比べていかに大きいか。アルバイトの時給が五、六十円でしかなかった時代にである。

さらに、一週間後には、前日の吉本隆明『異端と正系』（三百八十円）、山田宗陸『戦後思想史』（百六十円）に引き続き、「吉本隆明『抒情の論理』（三百六十円）、守屋典郎『日本資本主義発達史』（三笠版五十円、青木版百二十円）、尾崎秀美『愛情はふる星のごとく』三十円、『漱石全集』、第十八巻（百十円）」と惜しげなく求め続けるのである。

「理論的理解に達しよう」として、岸上は夏休みに向けて遠大な計画を立てている。この日計画された「帰省中の読書」の一覧表が日記に記されてる。エンゲルス『反デューリング論』を頭に、労働運動、思想史、農業問題、安保闘争をめぐる数冊、あわせて二十冊が列記されている。岸上大作は、この段階で死を計画してはいなかった。しかし水面下では静かに死の準備は進行していたのであろう。

それにしてもと思わざるを得ないのは、ブント指導部が闘争の総括をめぐって瓦解し四散してゆく状況の中で、まるで時代に逆行するかのように、身を熱くしていったのである。急激に冷えてゆく時代の中で、岸上をなお闘いに引き留めたものは、この期に集中していた短歌ジャーナリズムからの依頼ではなかったろうか。それゆえに、岸上は、創作をもって六月の記憶をさらに深化させ、激化させてゆくことになるのだ。それは自ずと、社会主義関係の学習へとつながっていった。

七月は、「黙禱」が書かれ、代表作といってよい「しゅったつ」二十五首に向かってゆく期間であった。時代の引き潮に抗うように、岸上は六月の流血の雨に全身濡れながら、ひとり言葉を尖鋭にしてゆくのである。そう、「ひとりへの愛をうつくしく」してゆくのである。岸上は、その落差にやられてしまったのであろう。

孤立のうちに、その風圧に耐えてゆかなければならなくなってゆくのである。

ところが、この四月、ぼくの近くにスバラシク聰明な女性があらわれて、ぼくはこの女にぼくの全存在を賭けた。時はまさしく安保闘争が高揚しつつあるときだった。いまこそ、ぼくは恋と革命のために生きなければならなかった。ぼくはそれ以前、ぼくの感傷によって、何人かの少女たちへの思慕を感じた。しかし、今度のとは本質的にちがう。以前の場合は、ぼくの全存在とは何らかかわりがなかった。だから、酒に酔っぱらって泣いて、嘔吐すれば事は解決した。今度はこんなにもぶざまに死ななければならない。酔っぱらって泣くなんて美しいことができるか。安保闘争に参加し、歌を書き、レーニンを読んだ。ぼくは恋と革命のために生きるんだ！とおもった。

もし岸上が、短歌を書いていなければ、こうまで自己自身の心情を昂揚させることはなかったであろう。自ら創りだした定型というドグマの中で、苛烈なドラマを演じてしまうこともなかったであろう。

そう、ひとりの女への思慕と闘争とが、絡み合い縺れ合いつつ革命的ロマンチシズムへと一気に昇りつめていってしまったのである。それを岸上は、「装甲車踏みつけて越す足裏の清しき論理に息つめている」と歌い、「血と雨にワイシャツ濡れている無援ひとりへの愛うつくしくする」と叫んだ。

十時少し前。お茶をわかして小休止。「みどり」に火をつける。これが最後の喫煙となるか。

……

ぼくは最後まで自分の誤算に賭けよう。

岸上はハッカの香りがする「みどり」を最後に喫っていた。二十本入り両切「シンセイ」三十円、「いこい」五十円。十本入り「光」三十円、「ピース」四十円。両切、むろんフィルターの煙草はなかった。「ミドリ」は五十円であったか。

お茶や煙草も、大事な小道具として脚本に組み込まれてゆく。時間の推移と共に進行してゆく。完膚無き一人芝居の台本である。四畳半の部屋の中で演じられる一人の男の動作の一挙一投足まで、見えてくるではないか。岸上は、彼女の傍で「みどり」に火をつけたいくつかの場面を回想する。二子玉川園のベンチ、吉祥寺、下北沢の喫茶店。

「ぼくは最後まで自分の誤算に賭けよう。」

宵からの雨は次第に激しさを増してゆく。

だが、一体、誰に向かって語りかけているのか。

「このノートを書き記しているのは、全く時間つぶしのためであって、演技ではない。もう準備は完了しているのだ。美しいグリンの縄と純白のブロバリン。服毒兼縊死。失敗の心配はない。みごとにぼくは自殺するだろう。でも、まだ時間がはやい」「邪魔が入ったら大変。」

岸上は、まあ、もうちょっと待てよとばかりに、読む人々の反応を見透かしている。この「ぼくのため」と「ぼく」に限定した「ノート」もまた、二十一年を育んできた、――死へ向かって進行しながら書き進められる失敗の許されない命を賭けた集大成なのである。

「いま十一時まえ。あと二三時間だ。」

　原稿用紙はまだある。時間はまだある。今夜は寿司を今上《（生）》のおもいにと腹いっぱい食べたので、
　まだ腹は空かないだろう。

得意そうに「寿司」を喰ったことを書き残している。「最後に、寿司を食って死んでゆくなんて淋しすぎるぞ、岸上！」と、すでに私は、岸上論で書き記してきた。しかし、岸上の後、大学に入った私も在学中に寿司屋に入った記憶はない。寿司屋で酒を飲むようになったのは、三十歳をはるかに越え

てからである。

「今夜は寿司を今上《ママ》のおもいにと腹いっぱい食べたので、まだ腹は空かないだろう」。岸上大作は死を決意して初めて。一人、寿司屋の、雨の暖簾をくぐったのである。

それから岸上は、自身の死、「ぼくの恋と革命」のための死を説く。そう、「恋と革命」ではない、「ぼくの恋と革命」なのである、それは自身が作りだした「ソウ明で美しい」という「観念」に殉じた死といっていいであろう。「ぼくの」という括弧つきの「恋と革命」であることを、岸上はよく理解している。

岸上のモノローグは核心に迫ってくる。このノートを最後の最後まで記そうとする、固い意志が表明される。命を担保に、岸上は迫真のリアリティーを獲得したのである。


このノートはぼくがいままで書いた原稿のなかでは、「寺山修司論」についで長い。あるいはアレを突破するかも知れない。


冨士田元彦の要請で「短歌」（六〇年十一月号）に発表された「寺山修司論」は、四百字詰原稿用紙二十三枚。以下の、文章がそれに続く。

「しかし、それだけの精力でもって、何故「釈迢空論」を書けばよかったのにと説教する奴は誰れだ。

ぼくとて、五六十枚の「釈迢空論」を書くことはいまのいままでねがっているのだ。その「釈迢空論」をいままでの全作品と同じようにただひとりの女にのみささげたいのだ」。そして、

扉に「TO　YOSHIKO」と書いた「岸上大作歌集」を出したいのだ。いや、それ故にぼくはいま死ななければならないのだ。

の結論を引き出す。岸上は、状況は刻々と変わってゆくことを知っている。自身の心もまた、その状況に応じて変わってゆく。やがては諦めの、融和の時を迎えるに違いない。ならば、今をおいてしか、彼女へ向かって書かれた「岸上大作歌集」の刊行はありえないというのだ。この引き裂かれた絶体絶命のアンビヴァレンス！

しかし、この論理は、岸上大作が、体を張って獲得することができた論理であるのだ。自身の死―ダイナミックにすべてが停止するいま―をおいてしか、真実の「岸上大作歌集」はありえないというのだ。「いまここで死ねば、そのまちがいの上に築かれたわずかばかりの作品をぼくは信じて遺しうるのだ」。

自身の死によって、一九六〇年という突出した時代、安保闘争を背景として、愛する一人へ向かっ

て、必死に書かれた作品はリアリティーを獲得する。

この十二月、であらなければならない。年が、改まってからでは遅い。

実に冷静な現状認識がなされている。


いよいよ、一九六〇年十二月五日となった。十二時少しすぎ。家の者はみなねむった。窓の前の家はどうか。あと一・二時間だ。すべてにさようなら。雨が降って、風が吹く。さすがに少しづつ《ママ》ふるえている。

敗北したぼくに花を飾るのは無駄だ。生き残ったものをこそ花で埋めよ。生き残った者は強く生きろ！


「あと一・二時間だ」というのは、このノートを書き終えるまでの時間だ。凄まじい集中力をもって、岸上は書き進めてゆく。刻々の外界の有りさまを鋭く感知し、意識は自在に他所に及び人々に及ぶ、そしてつよく絞り込むように自身に集中する。生を代替することにおいてしか、書かれ得ない言葉であることを岸上はよく知っている。

生者への激励は、歓声となって死への果敢なダイバーである自身の耳を熱くさせる。

「お母さん！」というのはウソだ。ぼくはぼくのことしか考えていない。

この母は、岸上の死後、姑と親戚、近隣の人々の指弾を浴びることとなる。「お前が、無理をして大学なんかに入れるから、こういうことになったのだ。大作を殺したのは、お前だ……」

岸上が死んで十年目の命日にあたる一九七〇年十二月五日、思潮社から『岸上大作全集』が刊行された。母はその印税で、息子の墓を建てた。一九七〇年代末であった。姫路で、私のコンサートが開催された折、主催者に案内されて、私は墓に詣でている。

一九九一（平成三）年三月、母まさゑ死去、七十四歳であった。

一九六〇年十二月五日から数えて三十年と三ヶ月、母は、息子を喪った悲歎をどのように耐えたか。ならばこの母の一生は何であったのだろう。手許の、Ａ４判の大冊『'60年 ある青春の軌跡 歌人岸上大作』（姫路文学館　一九九九年十月刊）を開く。

はにかむ大作を抱く笑顔の母。昭和十五年十月、大作一歳、母まさゑ二十三歳。白い割烹着が眩しい。父繁一が撮影したものであろう。父二十八歳。

十六年五月、母の膝でぐずる息子に、顔を近づけ嬉しそうに抱きしめる母。和服姿の笑顔が美しい。

昼の日中、自宅の庭で撮影を楽しむ。カメラは一般家庭にはほどとおく、ライカ一台で家が建つといわれた時代だ。ゆたかな岸上家が窺われる。この写真、何処かへ出かける前の撮影かも知れない。母はお召しに白足袋、大作は靴を履かされている。

しかし、翌十七年十二月、夫の出征が生活を一変させた。二人の子の養育に加え、義父の面倒が義務づけられたのである。行商、加工所勤務と若い汗を滴らせ家計を支えた。ようやく目処を立て、藁屑にまみれながら息子を大学に通わせ、あと一歩で卒業という矢先に、息子に先立たれたのである。事故であるなら、相手を怨むことができる。病死なら、諦めもつこう。しかし、母には納得できない理不尽な死であった。岸上の死から二十年と三ヶ月に及ぶ日々を、母はどのように堪えしのんだのであろうか。しかも、母に対しては、死の理由さえも書き記されてはいない。

「お母ちゃん／佳世／久代ちゃん」を同列にくくり、「に。」を添え、「お許しください。／何もいうことはありません。」の、たった二行である。

高瀬隆和が『岸上大作の歌』の中で、墓の様子を伝えている。

「岸上は故郷兵庫県福崎町西田原の山裾の共同墓地に眠る。父母の墓を左右にし、まるで両親に手を取られるようにひっそりと建っている」。墓には不似合いな「意志表示せまり声なきこえを背にただ掌の中にマッチ擦るのみ」の一首が、刻まれている。岸上が尊敬した国学院の先輩歌人西村尚の揮毫である。

この母を思うとき、私は断じて岸上を許すことができない。手記中の記述。「母をおもうとコトバがない。」まではいい、しかし、以下に続く悪乗りは、許せない。母が目にすることを、考慮してのそれか。ならば、なおさら許せはしない。


しかし、どんな結果になっても、これはあなたが生み、育てた結果にすぎないのではないか。

最後の最後まで人に甘え、人にすり寄り、母にその責任のすべてを転嫁させようとしているのか。


所持金を調べてみたら、五百四十三円。今日もう少し生きていたら奨学金三阡円をもらえるのだが――。それから、高瀬に六百円借りている。これはこのままにしておきたい。高瀬よ！君からは生涯の借りをしたい。

ふるえている。寒さのためだ。ガクガクふるえている。隣りの高瀬さんがねむらないことには、時間が来ても決行できない。早く、電気を消して就床して下さい！

美しい友情のくだりだ。しかし、岸上はこの友人に、ずいぶんと酷なことをしている。彼の大学生活の節目となる卒論と就職を抱えたこの時を、敢えて選んでいる。三日、品川駅で岸上と別れた高瀬は、四日、ラジオ局の試験を受け、翌五日には、神戸市の教員採用試験を受け、その日のうちに東京へ向かった。繰り返さし聞かされた死の予告に、胸騒ぎを覚えたのである。六日、朝東京駅に着き、自宅に帰ると、岸上の訃報が待ち受けていた。岸上の下宿までは、徒歩で数分の距離。高瀬が駆け付けると、報せを受けてこの朝、妹佳世と大阪の伯父と共に東京に着いた母が、遺体に対座していた。

文中「隣りの高瀬さん」は、隣室の人。「十二時少しすぎ。家のものはみなねむった」はずではなかったのか……。

この「時間が来ても決行できない。早く、電気を消して就床して下さい！」の緊迫したくだりは、なぜだ。隣室の動向とともに、死へと切迫してゆく、この間合いのとりかたも美事すぎる。……岸上よ、許せ、鑑賞者に転じている私がいる。

正座して待つ。あゝ！待つ。ぼくの生涯はすべて待っていた。何かを。いまは、寒さでふるえながら、自分の手でする自分の死を待っている。そうだ。これから「みどり」を吸う。ハッカが口にさわやかであれ。そして、ぼくの人生でもっともさわやかな月曜日の未明であれ。

歯切れ良く、小刻みに束ねられた文節の妙が、スピードを与え、切迫の時間を凝縮させる。自身への激励歌として、窓際へと背中を押し続ける。岸上は、失敗の許されない死に方を用意していた。窓の庇にロープを縛り、自身の首に捲く。そして、窓の柵に腰を下ろす。服用していたブロバリンが効いてくると自然に体が窓の外に落ちる。そんな仕掛けを考えていた。

小川太郎の綿密な調査によれば、岸上の部屋には、窓を覆うカーテンはもとより、暖房器具もなかった。寒い日を岸上は、毛布を腰に巻き、蒲団を被って勉学に勤んだのであろう。私にも、その覚えはある。この夜は、学生服の上にレインコートをかけていたのか。

評伝岸上大作『血と雨の墓標』を書いた小川太郎は、私とは早稲田短歌会の同期だった。寺山修司、岸上大作と同じに戦争で父を喪い、母の労働の援助を受けて大学に通っていた。本名を、小亀富男といった。学生服を着たずんぐりした体躯、母親が大学の用務員をしていることをひどく羞じていた。早くに才能を開花。小学館に勤務し、週刊誌の記者を長くしていたが、退社後は、ルポライターとなり、念願であった三冊の評伝（中城ふみ子、寺山修司、岸上大作）を書き上げ、世紀が新たまった翌年の八月、自宅で縊死。老いた母が後に残された。

ぼくは何て、センチメンタリストなんだろう。いまでも、夭折歌人として文学史上に残ることを夢みている。中原中也、富永太郎、梶井基次郎、相良宏をおもっている。ぼくは恋と革命のために死ぬのではないか!

この後に続く文書はこうだ。「ぼくが夭折歌人として登録されたってされなくったってどうでも良いではないか。ぼくを夭折歌人とする文学史家がいたらバカだ。笑殺すべきだ。」この先、文学史に残るかどうかは私の知るところではない。しかし、短歌史においては、岸上の名は「夭折歌人」として残り続けるであろう。一九六〇年十二月という「時」を得た岸上の目論見は、成功するのである。

それもひとえに、自裁寸前までを、七時間を要して書き上げた絶筆「ぼくのためのノート」に負うところがおおきい。日本の戦後史を揺るがした、六〇年安保闘争を背負った世代の内奥の叫びを、呼びかけの文体をもってかくまでも鮮烈に伝い得たからである。

むろんそれを可能にしたのは、岸上大作の遺稿歌集『意志表示』が、西村尚、高瀬隆和、角田芳子らの友人の手によって、最も早い段階―死後半年後の六月―に刊行を得たことにすべて拠る。この一事をとっただけでも、あの時代を生きた学生の連帯感の強さ、一途な友情、時代に向かう意識の高さが窺われる。

死を前にして、岸上の脳裏を通過していった夭折者たち。

中原中也は、山口市出身。昭和十二年、三十歳で鎌倉に没している。詩集『山羊の歌』の底流をながれるのは、痛切な失恋を基調にした祈りの感情である。資質的には、岸上に一番遠く一番近い詩人のように思われる。昭和十二年、愛児を喪った悲しみから病を発し鎌倉に没した。三十歳だった。

富永太郎は、東京出身。フランス象徴詩の洗礼を受けた詩を書く。人妻との恋愛で二高（東北大）中退、上海に脱出。京都で少年中原に、詩的影響を与え帰京。近、現代において「鳥獣剝製所」を超える散文詩を私は知らない。

人妻への恋慕の情は、生涯消えることはなかった。私は、「COLLOQUE MOQUEUR」というフランス語のタイトルがついた、

立ち去った私のマリアの記念にと
友と二人アプサントを飲んだ帰るさ

星空の下をよろめいて、
互いの肩につかまりあつた。

に始まる四行三連のこの詩が好きだ。大正十四年十一月、肺結核で死去、二十六歳だった。画才にも恵まれていた。岸上大作には、富永の猶予と寛容の情が欠落していた。

キオスクにランボオ
手にはマニラ
空は美しい
えゝ　血はみなパンだ

フランス語で書かれた富永最後の詩である。訳文は、フランス語が読めなかった中原中也のために、富永が日本語にしてみせたもの。私は前に、岸上の絶唱「血と雨にワイシャツ濡れている無援ひとりへの愛うつくしくする」と読み比べたことがあった。

梶井基次郎について、私が語る必要はないと思う。昭和七年三月、胸を病み三十二歳で死んでいった大阪生まれの作家が遺した短編「檸檬」は、不朽の光彩を放っている。
相良宏は、東京生まれの「アララギ」派の歌人、昭和二十六年、近藤芳美を中心にする「未来」創刊に参加。三十年四月、心臓神経症のため死去、二十九歳。中井英夫は「数多い病者の歌の中でもこれほど透明な世界はかつてなかった」と評し、これらの歌をあげている（『黒衣の短歌史』）。

わが坐るベッドを撫づる長き指告げ給ふ勿れ過ぎにしことは
空の溲瓶に落ちたる虫の立つる音をりをり聞きて眠りつづけぬ
眠らむとしてかなしみぬ病み萎えし身は若ものの匂ひしてをり
春の雲見て帰りきし臥処にて痺れの戻る如くゐたりき

若き日に私は、これらの歌に出会っている。十九歳で肺結核におちいり以後、療養生活。苦しい恋愛の情を、韻律に委ね、激しく身を震わせている。

疾風に逆ひとべる声の下軽羅を干して軽羅の少女
暗緑の脚らもがけるかなぶんぶん眠りの前のやすらぎとなる

ためらひて扉の前を去る如き此のさびしさを守り来しなり
病む我に最も近く眠るものびつこの軍鶏が羽搏きてをり

岸上大作に、この美しき諦観、そして慄然たる孤独に耐え抜く優しさがあったらと、思う。だが、「ぼくのためのノート」は、まだ書き終わってはいない。

もう一時をすぎた。雨が降っている。風もある。物音は消える。この機会をのがすな。
涙はしめっぽい。誰れか一人でも良い笑ってくれ。ぼくは笑いながら死ぬのに。哄笑でも、嘲笑でも、微笑でも、ビン笑でも、とにかく笑ってくれ！
「雨の朝、東京に死す！」この月曜日の朝東京はサラリーマンにゆううつであろう。電車はやっぱり走っているだろう。

「雨の朝、東京に死す」は、フィッツジェラルド原作の映画『雨の朝パリに死す』を捩っての表現であろう。岸上は渋谷東急名画座でこれを観、がっかりしている。短歌絶叫の私のステージでは、「電車はやっぱり走っているだろう」の一節のあと私は、処女歌集『バリケード・一九六六年二月』中の、学生時代に作った自作の短歌を絶叫する。

　ここよりは先へゆけないぼくのため左折してゆけ省線電車

正直に言おう。岸上の無念は、岸上以後の六〇年代に青春を送った私の無念でもあった。

　隣室の灯よ早く消えろ。君たちには、規則正しい生活が必要だ。学生時代に、小市民の生活をマスターしなければならない。

最後の、最後まで、岸上は対話の相手を想定し、その者に向かって必死に呼びかけ、一人っきりになることを必死に拒否しようとした。

　ところで、隣室の灯が早く消え、「高瀬さん」が早く就寝していたら、このストーリーは、どうなっていたのだ。「ぼくのためのノート」は中断していたか。中断しはしない。書き始めから「ぼくの歴史は一九六〇年十二月五日午前何時かにて終了する。」と、手記を完結するまでに要する時間を予測している。執筆中に、創作が加わったのである。隣室の「高瀬さん」は、サラリーマンで、手記を書き始めた四日は日曜日である。明朝は月曜、出勤である。

　隣室はすでに灯を消して、深い眠りに就いていたのではないのか。不謹慎な推測かも知れない。しかし、大道具、舞台装置は上々。窓の外の雨といい、風といい、演出効果は抜群である。あとは、大入満員を待つばかりだ。

「小市民」という言葉、近頃聞くことはなくなってしまった。私たち学生が、集会や、議論の中で、相手を糾弾する言葉として、よく用いられた。小市民とは、資本家と労働者との中間の階級に属する人々をさす呼称である。思想的には資本家の側に近く、また経済的、社会的には労働者の生活に近い。そういう連中を指差し、私たち学生は「petite bourgeoisie」すなわち「プチブル」と蔑称した。


　寿司腹が空いて来た。いま、高瀬さんはトイレへ行った。さあ！ねむるぞ。さあ！すべては終りになる。決してはじまりはしない。復活しない。用意はいいか。服装だけでも整えておこう。部屋を水曜日以来そうじをしていないのが気がかりだが、まあガマンしよう。眼鏡はキレイに拭いておこう。あと、三十分待て。二時だ。ものおとで誰れも目をさまさないように。君らはすこやかにねむらなければならない。君らは健康に生きなければならない。

自らが奏する歯切れの良い、ハイテンポのリズムに乗って、風が吹き雨が横殴る汀へ、窓際にしつらえたジャンプ台から、勢いよく背面に跳躍しようというのだ。高校一年七月から修練をつんできた、定型詩短歌の基本律「五音（三音＋二音）」「七音（四音＋三音）」を存分に駆使して。「sushibaraga, suitekita, 」「ima, tonariwa, toireni, itta」,「sa!, nemuruzo, 」「sa!, subetewa, owarininaru, keshite, hajimariwa, shinai」。唇にのせて玩味してみれば分かる。「サ行音」「ラ行音」「カ行音」「タ行音」が、実に小気味よく入りみだれ乱打し合っている。諧調の妙というほかない。

この間、テアトル・ハイツで「また逢う日まで」を演っていた。みたかった。ああ！　AUF WIEDERSEHEN!　山下先生おぼえているよ。窓ガラス越しのキッス。ぼくはもうAUF WIEDERSEHEN!を言えない。さようなら。すべてにさようなら。「また逢う日」はない。

『また逢う日まで』は、昭和二十五年三月に封切られた東宝映画。監督は今井正。舞台は昭和十八年、空襲警報下の地下鉄で三郎（岡田英次）と螢子（久我美子）は出会う。三郎に召集令状、螢子は空襲で命を失う。三郎は戦死、画家志望の螢子によって描かれた三郎の肖像画だけがこの世に残る。原作はロマン・ロラン『ピエールとリュース』。

悲劇的な恋愛を通して、戦争の非人間性を描く。この映画が封切られた時、岸上は、十歳。山下先生は、岸上に影響を与えた高校の英語の教師山下駿。

岸上は、愛されることを願っていたのだ。

これは、一人の男の失恋自殺です。それ以外の何者《ママ》でもない。本人が最後まで、平常と何らかわりのない精神状態でいうのだから、まちがいない。信じてほしい。明朝、夜があけたら、ぼくはぶざまな死体を雨にぬらしてさらしているだけだ。世の中はしごく太平でめでたいかぎりだ。それでは失敬。ぼくは、これから服装をととのえ、湯呑に水を注ぐ。万事予定どうり《ママ》にすぎない。それでは、さようなら。やっと二時だ。

一九六〇・十二・五　岸上大作

最後のきわまでも、繰り返し、失恋自殺を強調するのはなぜか。安保闘争の挫折の死と、思われたい願望の裏返しであるのか。「ぶざまな死体」は、誰によって発見されるのか。「世の中はしごく太平でめでたいかぎりだ」に、私は愛児を喪った中原中也が、死の年の春に歌った「愛するものが死んだ時には／自殺しなけあなりません」に始まる「春日狂想」という詩の「馬車も通れば、電車も通る。／まことに人生、花嫁御寮。」の一節を思い出していた。この詩は、「ハイ、ではみなさん、ハイ、御一緒に――／テムポ正しく、握手をしませう」の戯け調で終わっている。

署名の後、この一文が、付け加えられる。三十分の時間が経過しているのは、この間、(ロープなどの) 準備をしていたのであろうか。窓を開け、窓柵に腰を下ろしロープを首に巻き付ける。だが、最後までペンは離さなかった。

二時三十分、服毒。すぐ意識がなくなるのかとおもったら、なかなか―。一度窓の外に出てみたがさむくってやり切れないので、もう一度ノソノソ入って来て、散らばっていた薬をのむ。

現在、二時三十七分。

顔はレーンコートでかくす。
電気を消して真暗闇の中で
書いている。デタラメダ!

帰郷

十二月五日、月曜日の朝、道路に面した家の二階からレインコートを被り雨に濡れた縊死体を発見したのは、井の頭線「久我山」駅へ急ぐサラリーマンであった。

失敗を怖れた岸上は、まず、窓の廂から首を吊るためのロープを垂らす。用意していた睡眠剤ブロバリン一瓶を嚥み、窓の柵に腰を下ろし、ロープを首に巻く。恐怖心が走り、ためらったとしても薬が効いてくれれば自然に体が傾き、窓の外に落下するという方法を選んでいたのだ。

警察に急報、検視等、新開家の二階の四畳半はにわかにごったがえす。警官は自殺と断定、司法解剖はまぬがれる。

1

大家（新開家）からの通報を受けた国学院短歌研究会の一年生礒前ヒサ江は、慌てふためき部員に連絡、下宿に駆け付けると、遺体となった先輩岸上が布団に寝かされていた。

部屋には、「連絡先」として磯前と、角口芳子の寄宿先の電話番号が書き記されていたのだ。大学への通報は、誰がしたのであろうか。ほどなく学生課長が到着。遺体に手を合わせると、名刺と二千円を磯前に手渡し、そそくさと立ち去って行った。代わって、短研の仲間たちが集まり先輩の西村尚を中心に、どう対処するか話し合った。布団の敷かれた四畳半には、座机もあり入室できない仲間たちは、焼香がすむと、廊下や階下で立ち話をしながら待機した。数人が残り、火の気もない室内に座し寒々とした通夜となった。

一昨三日の宵、品川駅で岸上に送られ帰省した高瀬隆和は、四日朝兵庫に帰省。五日、神戸での就職試験を受け滞在の予定を蹴り、一路東京へ引き返した。胸騒ぎを覚え岸上の身を案じての帰還であった。

久我山の駅を降りると下宿への道を急いだ。高瀬は、麦畑一面に霜が降りしきっているのを昨日のように記憶している。下宿に着くや、下宿先の大家から岸上の死を知らされ、ひたすらに岸上の下宿へと走った。不安は的中してしまったのだ。

白い布で覆われた顔、首にはロープの痕がなまなましく残っていた。岸上の自死は、「私の東京不在の日を計算に入れ、綿密に計画されていた」と高瀬は述懐する。

角口芳子は、ミッション系の寮棟に寄宿していた。彼女の寮棟には電話はない。床の中で、かすかな電話のコールを聴いた。私かもしれない。彼女は、一昨夜のことを想い出していた。明日、午後一時、下北沢で待つ。行きませんときっぱり断った。夜が明けた。寮にいれば電話がまたかかってくる。彼女は、追われるように親戚の家へと向かった。

夕食をもらってから親戚の家を出た。暗い夜道を歩きながら不安が走った。郵便局の前にきた。すでに業務は終えているが、電報なら受け付けてくれるだろう。不安を抱えたまま彼女は、郵便局の前に立ち尽くした。

……電報を打った後、どうなるのか。おそらく、その事実に、強引な意味づけがなされるに決まっている。いままでが、ずうっとその繰り返しだった。何気なくした行為は、いつのまにか必然に転化され、二人の関係として文学化されてしまうのだ。その手紙には、辟易していた。

しばらくためらった後、郵便局を後にした。岸上大作が、絶筆「ぼくのためのノート」を書き始めた時刻か。

不安な、朝が明けた彼女は、窓の外からの、「電話ですよ」という声に、一瞬安堵を覚える。「電話が来るくらいなら大丈夫だろう」。電話のある寮棟へと走った。

電話は、岸上からのものではなかった。

「あの……今朝自殺されました」

「アアッ」、思わず声を発していた。体がブルブル震え、駆け付けてくれた人の腕の中に倒れ込んでいた。

それでも、なんとか身支度をととのえ、茫然として久我山へ向かった。

沢口芙美小説「風の吹く日は……」と併走する。

「郊外の人影の少ない駅に降りた時は、もう雨は止んでいた。十二月のうそ寒い風は枯れた木末に鳴り渡り……」。

そうか、この朝、昨夜来の雨がまだ降っていたのか。

新開家の玄関にたどり着いた時は、「弔問客が出たり入ったりして、騒然としていた。そんな人影にまぎれて」、なんとか、階段をのぼろうとしたが、「崩れてしまい」、短研の仲間になんとか支えられて部屋へ入った。

急ごしらえの祭壇には、白飯が山盛りに盛られ、線香立てが置かれて、「線香が二本、細い煙を白くくゆらせながら、ゆっくりと立ち上っていた」。

薄い布団をかけられた体はいつもより長く感じられ、その足で胸をけりつけられているようだった。「アッアッ」と声にならない叫び声が次々と胸から喉へ押しよせてくる。

あの布の下でどんな顔をしているのか、顔を見ておかなければならない、布を取らなければ……心の中では一心に思いながら、その白い布を取る勇気がなかった。

どんな顔をしていたのか、どんな顔をしていたのか、中空に顔だけが浮んでくる幻惑を押さえながら帰途についていた。

2

母はどのような思いで電報を受けとったのだろうか。母、娘佳代、大阪で薬局を営む伯父が、夜行列車で東京に着いたのは、岸上の死の翌朝六日。

小川太郎は、週刊誌記者の経験を生かし、岸上の先輩歌人西村尚、福崎高校の同級生で雪ケ谷で下宿を共にした雲丹亀剛、「具象」の同人で教育大生であった林安一らに取材。この日の情景を、評伝『血と雨の墓標』で、こう報告している。

息子と対面した母は瞬時、息子の枕元に「守り刀」として置かれた剃刀をとり、自らを傷つけようとし、止められてわっとその場に泣き崩れた。その泣き声は階下で待機する人々を、いたたまれない思いにさせていた。

大阪の伯父は、「だから、無理して東京の大学なんかに入れるんじゃない、と言ったろ」を繰り返し、その都度、母は「すみません、すみまん」と謝り続けた。高瀬隆和が、到着した時にはすでに母は、遺体の傍で泣き崩れていた。顔を上げた母は、傍らで泣きじゃくる野村トヨ子を、きっと睨み付ける。失恋の相手と思ったのであろう。喫茶店「未来」閉店後は、丸の内の証券会社に勤務していた。

十一時、葬儀社の人によって岸上の遺体は柩に入れられた。「馬鹿野郎、死ぬなんて」と、冷たくなった頬を何度も平手で打つ友人もいた。

岸上大作のデビューに立ち会った冨士田元彦、寺山修司と共に影響を与えた岡井隆、「まひる野」の歌人武川忠一らも友人たちと一緒に柩を担いだ。

岸上大作の死は、学生たちの心を抉ると同時に、彼ら歌人たちにも強い衝撃をもって迎えられることとなる。

突如、現れた学生歌人の活躍ぶりに、歌人たちは目を引いていたのだ。

安保闘争六月の硝煙いまだ煙る七月末発売の「短歌」八月号に、「黙禱」七首を発表。「黙禱」を皮切りに、以後「短歌研究」九月号に「意志表示」四十首発表。「短歌」十月号で座談会「明日をひらく」に出席。

「短歌研究」十一月号に「しゅったつ」二十五首を発表。「短歌」十一月号に「寺山修司論」二十三枚を発表。「短歌」十二月号に「十月の理由」十五首を発表。わずか半年の間に、「総合誌」と呼ばれる歌壇ジャーナリズム「短歌」「短歌研究」を舞台に、安保闘争を背景にした作品を矢継早に発表し続けたのである。

岸上大作は、一九六〇年という時代の夏空に彗星のごとく現れ、東天高く眩い光芒を放ち、ほどなく西方彼方冬空に堕ちていったのである。

3

杉並区の堀ノ内火葬場での荼毘には、武川忠一、篠弘、岡井隆、冨士田元彦、西村尚、高瀬隆和ら「具象」「国学院短歌研究会」のメンバーの多くが立ち会った。岸上大作は夕刻、遺骨となって下宿へ帰って来たのである。

六日早朝、東京駅に着いた母娘は、荼毘に立ち合い、その日の夜行列車に、遺骨を抱いて慌ただしく帰って行った。伯父は東京に所用あってか、悲しみの帰路には加わらなかった。悲歎の母を心配する友人たちは、同郷の雲丹亀剛を付き添わせることにした。この時代の、学生たちの思い遣りに満ちた熱い友情を思う。

新幹線はいまだ開通されてはいない。東京から姫路まで、夜行普通列車は優に十時間を要した。身を滅ぼしてしまいたいほどの衝動を抑え母は往路を耐え、悲歎の帰路を耐えた。

母の動向を心配する雲丹亀は、一睡もすることなく母を見張った。母が便所に立つときは、妹佳世を付き添わせ便所の外に待たせた、と雲丹亀は言う。列車からの飛び降り自殺を心配してのそれである。

雲丹亀の心も揺れたことであろう。國學院入学のため、荷物を抱え勇躍、夜行列車に飛び乗った二人であった。あれからわずか二年八ヶ月しか経ってはいないではないか。それがいま、遺骨となった友との帰還である。

十二月七日朝、兵庫県神崎郡福崎町のわが家に、遺骨となって岸上は帰宅した。「この、親不孝者！」、祖父勇次郎が遺骨に向かって発した言葉である。雲丹亀剛は、母を送り届けると、近隣の生家へ帰っていった。一睡もせず、車中の母を見守り続けたのである。

八日、自宅での葬儀には山本毅、山下駿両先生、友人の井上正康らが参列。戒名は、釋大道。遺骨は、福崎町西田原の墓地に埋葬された。友人を代表して、雲丹亀剛が墓場で弔辞を奉呈した。

六十年が経ったいまでも岸上の首を締め付けたロープの、首に残した紫色の縄目までもが鮮明に瞼に焼き付いている。葬儀は、自宅ではなく墓場で執り行われ、弔辞は墓場で読み上げたとは雲丹亀剛の回想である。

そうであったのかもしれない。岸上大作は、「親不孝者として」遺骨となって故郷に帰還したのである。大阪の伯父は、再び、まさゑを非難し、親戚の人々がそれに同調した。隣組近隣の人々から、岸上の死は好奇の目でみられ、母はそれに耐えるしかなかった。まさゑの身を案じた雲丹亀は、埋葬の後も岸上家に残り、三日の間、母の傍に付き添った。夜は、岸上の勉強部屋があった二階で、母、妹と枕を並べて寝た。だが、雲丹亀の耳には、いまでも祖父が呻くように言った「若い男と同じ部屋に寝るなんて……」という声が耳に残っている。

頼みの息子を喪った悲歎の母の旅立ちであった。

岸上大作歌集「意志表示」抄

意志表示（一九六〇年四月〜十月）

意志表示

意志表示せまり声なきこえを背にただ掌の中にマッチ擦るのみ（I　意志表示・60年4月26日）

胸廓の内側にかたき論理にて棍棒に背はたやすく見せぬ

唾棄すべき煙草をはさむ唇ながら彼らをかばい尖鋭となる

幅ひろく見せて連行さるる背がわれの解答もとめてやまぬ

装甲車踏みつけて越す足裏の清しき論理に息つめている

もうひとつの壁は背後に組まれいて〈トロツキスト〉なる嫉視の烙印

たかぶりてその行動を目守りいるにただ〈はねあがり〉とやすやすという

全学連に加盟していぬ自治会を責めて一日の弁解とする

腕くまぬすべて徒労と知りながらその夜書かねばならぬ言葉か

すぐ風に飛ばされてしまう語彙にして拙さのみの記憶とならん（Ⅱ　Y・Kに）

右の手にロダンが賭けし位置よりは遠く見ている〈接吻〉の像

不用意に見せているその背わがためのあるいは答案用紙一枚

海のこと言いてあがりし屋上に風に乱れる髪をみている

地下鉄の切符に鋏いれられてまた確かめているその決意（Ⅲ　5月13日・国会前）

プラタナスの葉影が覆う群れ区切り拳銃帯びし列くまれいる

梶棒にたやすく見えている背後いたけだかなる罵声を許す

学生服着ていることも喪の列として葬らん党・その他のためと

学連旗たくみにふられ訴えやまぬ内部の声のごときその青

闘わぬ党批判してきびしきに一本の煙草に涙している

戦いて父が逝きたる日の祈りジグザグにあるを激しくさせる

プラカード持ちしほてりを残す手に汝に伝えん受話器をつかむ

もうひとつの意志表示

請い願う群れのひとりとして思う姿なきエリート描きしカフカ

ひとりのみに呼びかけ狭き声ながら行動隊にてピケ張っている

耳うらに先ず知る君の火照りにてその耳かくす髪のウェーブ

面ふせてジグザグにあるその姿勢まならうらながら別れは言えり

あおぎ飲む牛乳スタンドこの午後のデモにてともにありしターミナル

夏服の群れにひしめき女学生たちまち坂を鋭くさせる

色変えてゆく紫陽花の開花期に触れながら触れがたきもの確かめる

黙禱　6月15日・国会南通用門

巧妙に仕組まれる場面おもわせてひとつの死のため首たれている

ヘルメットついにとらざりし列のまえ屈辱ならぬ黙禱の位置

証かされているごとき後退ポケットについに投げざりし石くれふたつ

血と雨にワイシャツ濡れている無援ひとりへの愛うつくしくする

流したる血とたわやすくいう犠牲ぬいあわされている傷口に

むしろ弱く繃帯さらす地下街にわが狭量もさらされていん

しゅったつ

日本語美しくする扼殺死抗議にひとり選びたる語彙

そのものの宿命のごとくする偽瞞にすりかえられて涙さそう死

遺影への礼なれば問え犠牲死と言いうるほどに果たしたる何

微笑には微笑かえさん許されてもし苛責なき位置をたもたば

まず涙まぶたにぬぐい拳をあげん選びたる聰明はつぐなえぬとも

喪の花はわたくしにのみ自己主張してきびしきになに捧げうる

血によりてあがないしもの育まんにああまた統一戦線をいう

美化されて長き喪の列に訣別のうたひとりしてきかねばならぬ

欺きてする弁解にその距離を証したる夜の雨ふらしめよ

断絶を知りてしまいしわたくしにもはやしゅったつは告げられている

靴底に黴ふかしめて立ち去らんこの雨期にしてひとつの転位

花かざる明日ねがわねばこの坂は鋭し〈よし子〉のなかなる女

フランス語訳してしまえ花のようにかきうつす手のすでなる結論

用意している聰明と知りながらしつように背に投げゆくことば

暗澹を背後の夜にふれながらマッチともせり掌をあつくして

十月の理由

誕生日へなだれてはやき十月にうなじ屈するゆえの反抗

生きている不潔とむすぶたびに切れついに何本の手はなくすとも

葬りはくらくみずからのうちながらつるされ首に遺骨なす箱

平穏に身は閉じ込めている午後を政治の中のまた怒りの死

痩身を背広につつむぶざまにもせかれるままの歩みなるべし

縊られて咽頭せまき明日ながらしめやかに夜をわたり歌わく

風の表情（一九五八年四月〜十二月）十八歳〜十九歳

雪ヶ谷周辺

息かけて眼鏡のガラス拭いおり朝はひとりの思惟鮮しく

鋭角なすビルこえて燕とびゆけり母への手紙今宵は書かん

口つけて水道の水飲みおりぬ母への手紙長かりし夜は

皺のばし送られし紙幣夜となればマシン油しみし母の手匂う

リンゴ喰いて母と描きし夢のこと茶房多き街のある日は思いつ

核実験反対の悲願無視されて父逝きし日の雨にぬれおり

夜の卓に重ねておけば匂うごと紙幣は学ぶために得て来ぬ

幾枚の紙幣のための疲れにて母に告げんにあまりに小さき

はじめてを働きて得し札なれば睡りはやがてあたたかく来ん

夜の卓に灯せばひとりのものとなり学問にわく喜びばかり

やわらかく力溢れて若葉するに恃むものなきわれと思わず

食パンの皮かたきまで喰いおりつ不意に湧くものかなしみならず

溢るるごとアパートの窓灯るとき手に温めてパン購い帰る

面ふせて日日あり罪のごとく見つ堰に揉まるるドブ河の泡

昏き日々

化粧品広告ビラより汚れいて党のビラ街に何を呼びかく

断谷

電車まで同じ歩幅にて走りあう群衆の一人ひとりとなりて

盗聴器どの扉にもあり索りあう民衆の声と大衆の声と

日本の女の足袋のもつ白さ無垢なるゆえに忍従の色

風に舞う蝶の鱗粉と母たちとしいたげられて美しかりき

屋上の空

どの窓も同じ形に空もてばアパート同じ花を匂わす

風の表情

母の言葉風が運びて来るに似て桐の葉ひとつひとつを翻《かえ》す
病む母の背に似ていしが崩れつつ坂の上へと流れ来し雲
灯《とも》すだけの安らぎ街に満つ夕母病むと風は坂に伝え来
ある時は母の言葉をはなちつつ坂を転がる風の表情

冬物語

口々に平和を言いて自衛兵ゆくえ知られず烈風の中
赤旗に少女等涙ためやすく革命の声ありて久しき党
祖国の危機わが裡に至ることなく卓上の灯を小さく守る

四角い空

戦死公報・父の名に誤字ひとつ　母にはじめてその無名の死

骨片のその白い軽さのように測りてならぬ母の敗戦

たわやすく哭く様ひとに見せてよりその泪死とかかわりあらぬ

めじろの瞳祖父に飼われて湿りやすくつねに映せり戦後の家を

その母たちのように（一九五九年一月〜一九六〇年三月）

告白以後

美しき誤算のひとつわれのみが昂ぶりて逢い重ねしことも（I　T・Nに）

ポストの赤奪いて風は吹きゆけり愛書きて何失いしわれ

酔いふかくその名を呼びて哭きいたりむしろトヨ子が傷つきていん

歩イテイタ・ソレガ如何シタ・レイタンナ北風トオレノ標的ノ森（II）

ひとつずつ街灯されてゆくことの負担のごとく坂に風あり

その母たちのように

不揃いのままジグザグに移るとき見透かしているような眼に遇う

プラカード雨に破れて街を行き民衆はつねに試される側

いきおいてありしスクラム解きしとき突きはなされたようにつまずく

一日がはげしく匂う濡れしまま学生服は壁につられて

禿山の話

右翼ビラ剝がされぬ不思議にも馴れて私立大学にふたたびの夏

涙について

なみだして怒りの言葉吐く唇の血をひきてむしろ美しきかな

たわやすく泣くさまわれに見せておりその涙愛とかかわりあらぬ

溢血の鼻

血の色の羽根ゆるされていることもただ十月の理由によりて

ナイロン製七色パンティマネキンの陰毛のない股みせている

太宰忌

たばこ吸う背中の夜の暗澹とわれの痩軀は亡父より受けず

太宰忌はその命日にしてわれの喪は父の墓標を雨に濡らしむ

十月の危機

募金箱に入れながら同じその手にてわれらに硬貨投げさせはせぬ

戦列のくずれし一角・台風義捐募金している白衣傷兵

高校時代（一九五五年七月〜一九五八年一月）

一九五五年七月〜十二月（十五〜十六歳）

奨学生に採用せしとの報聞きて頭下げつつ事務室を出《い》ず

事務員の顔もわれをばはげますごと奨学生採用の報を受くるに

主役者の抜けし舞台とＮＨＫは解説しており徳田球一死す

いまのいま奨学生となり部屋を出でつつ喜ぶ母の顔浮びたり

皇国に勝利のあるを信じいて南の国に逝きましし父

民主主義も理想もなくて長いものに巻かれて生くるのみと説く母

ざわめきの掲示板にわが名くっきりと書かれおり生徒会書記長として

清々しき朝のひととき窓辺にて稲刈りの手のマメを見せ合う

砂川の録音聞きつつ声高く妹と和す「民独」のうた

夜の窓にひとり静かにハモニカを吹けばうれしも雪降り来たる

オデン屋のコンブ拾って糧にする人等に冷たき師走の風は

「原爆ゆるすまじ」の歌にアナウンスひときわ高く「平和」を叫ぶ

おどけたる一人芝居のアメ売りの太刀が淋しく冬日に光る

一九五六年一月〜十二月（十六歳〜十七歳）

残業の手当に母がもらい来し十円のパンにつけるわらくず

縄ないて凝りたる母の肩もめば英語の予習少しおくれぬ

ささいな感情のずれから言い争って別れた日の夕焼が赫い

ツルゲーネフの「初恋」読みつつ餅焼けり遠くかすかに夜汽車の響

冬の河底浅く水をたたえおり空を映して水は動かず
映画館の孤独にたえず汚れた靴で紙屑を踏みにじっている
三木清崇拝者あり啄木の讃美者ありて議論はやまず
モツァルトの鎮魂ミサ曲天使らがごとしウィーンの少年合唱
母は今宵もちょうちん灯もし風呂にゆく雨ふる音やわらかきよい
いかほどの値にならん工場裏に貧しき母娘が石炭殻拾う
貧しくも心清かにありなんと母は縄ないを生業となす
何かこう心ゆさぶるものあらん春寒の夜は「処女地」を読もう
母とゆく沈黙は重くたえがたくオリオンはあれと指さして言う

ただひとつ君につながる悔ありて春寒の夜の灯は消しがたく

汽車を待つ様子にはあらぬ女ひとり佇ちて濡れいるプラットホーム

広告塔・ペンキかわかぬ夕暮路わが影長く踏みつつ帰る

雨の中福崎駅の構内に列車も濡れて停車は長し

授業料免除の願書は目を伏せてそっと手渡し職員室を出でぬ

静かなる思いをさそう雨の夜は柿の若葉も濡れているだろう

新しきインクの匂い部屋に満つ五月の朝の窓開け放つ

教室に花かざられて五月の朝メンデルスゾーンの「無言歌」流れ来

ひっそりと暗きほかげで夜なべする母の日も母は常のごとくに

ひっそりと寄り添いて暮す鮮人村うす紫にあざみ花咲く

豚飼いて貧しく暮す鮮人村いちじくの葉の緑の濃さよ

新聞は報道せぬが内灘の漁民は今日も闘いていん

ほろ甘きびわのつぶら実食ぶれば父にまつわる幼き記憶

白き骨五つ六つを父と言われわれは小さき手をあわせたり

陸軍伍長父の白骨埋められ墓標は雨にただ濡れていし

父の骨音なく深く埋められてさみだれに黒く濡れていし土

父逝きて苦しみ多き十年なりき写真の額もいたく煤けぬ

「わだつみ」の苦悶の声を読み終えて信じて逝きし父を思えり

炎天を杖にすがりてゆく祖父よ父の十周忌にわが家貧しき

漁師の町室津は昔日《かみ》の遊女町港に芥浮かせていたり

亡き父をこころ素直にわれは恋ういちじくうれて雨ふるみれば

学徒兵の苦悶訴う手記あれど父は祖国を信じて逝けり

寝押しせしズボンをはきて来し朝のペダル踏みつつ口笛鳴らす

こおろぎの厨に鳴ける朝冷えて広島の被爆者またひとり死す

一九五七年一月〜十一月（十七歳〜十八歳）

ポケットに青きリンゴをしのばせて母待つと早春の駅に佇ちいつ

休み日の母は少女の面輪して青きリンゴをわれと食いいつ

「罪と罰」読破せし胸ふくらませ冬休み明けし校門くぐる

ロンドンも霧こめていんイーデンの辞任報じいて霧ふかき朝

屠殺場の土手ある川辺一列に牛繋がれて並びいる杭

口そろえ母の餌を待つつばくろよ平和はわれの幻想ならず

たたかいの傷は癒えぬと言う声とまた広島の被爆者の死と

父の居ぬ家にもつばめ来る幸を言いつつ母と青き莢むく

母の手にえんどうの莢はじけつつつばめはしきりに巣を作りいる

私たちの願い無視されて六月、空は父を返せと叫びたき暗さ

水爆禁止訴えざる首相の声伝えつつしきりに侵されていん六月の空

受験生とぼくら呼ばれて秋ゆかん今朝出でそめし麦の芽の青

君の批判を拒否する激しきヤジの中温き眼を送らんとする

この村の生計《たつき》知らしむる芥つきず夜も流るる重き河の音

一九五八年一月（十八歳）

かがまりてこんろに青き火をおこす母と二人の夢作るため

絶筆「ぼくのためのノート」

準備はすでに完了した。もはや時間の経過が、予定のプログラムを遂行するだろう。

現在8時前。あと数時間だ。ぼくの歴史は一九六〇年十二月五日午前何時かにて終了する。それまでの数時間、まったくぼくだけのために、このノートを書き残しておこう。

しかし、こんなに普段とかわりなく、たやすく、日常行為の延長線上の一点として、死は遂行されるのに、何故人間はおめおめと恥辱に屈しておられるのだろうか。生きねばならないのだろうか。自殺には勇気がいるとたしかに思っていた。しかし、この二・三日のあいだにぼくは一生に一度の勇気を奮発したということもない。ただ日常生活のとう《(お)》りに何時間か費やして来た結果がここに到っただけの話だ。また、自殺をおもいつめている者はすぐにその動作でわかるという。だが、ぼくは何人かの人とあい、電車に乗り、街を歩いた。誰れも、ぼくが自殺の方法を考えているとは思わなかったろう。高瀬は「十日まで待ってくれ」と何度も何度も言ったが、彼とて、ぼくのログセがまた始まったくらいしかおもわなかったろうし、ぼくの頭の中が、全くその反対の思考をとりつつあることなんか考えてもみなかったにちがいない。いちばん恐れていた薬屋さえ、すぐに薬品をくれたではないか。やせた、あおい顔をした男がノソリと入って来れば何か気ずく《ママ》はずではないか。それとも彼らはとにかく金になれば良いとおもっているのだろうか。何んにしても自殺なんて、全く日常的なたやすい行為ではないか。その辺にゴロゴロ転っているような。朝おきて顔を洗うような。それを耐えて生きることだとさとり顔でお説教するのは誰れだ。

　自分の犬死に社会主義の大義名分をかかげるのはよそう。これは、気のよわい、陰険な男の、かたおもい、失恋のはての自殺にすぎないのだ。短研の誰かが言ったように、夭折を美しいものとするセンチメンタリズムはよそう。死ぬことは何んとしてもぶざまだ。首をくってのび切った身体、そしてその一部一部分、あるいは吐しゃ物。これが美しいと言えるか。問題は生きることがぼくにとってそれ以上にぶざまだということだ。昨日の渋谷における、今日の下北沢におけるあのぼくのぶざまは生きた人間のすることか。しかし、身体の器官が活動しているかぎりぼくにはああするより他ないのだ。もはや、そのぶざまに耐えられなくなったいまは、みずからの手でみずからの首は（を）しばる他ない。

　これは失恋自殺。ぼくのポケットにはひとりの女の写真が大事にしまわれている。ぼくの机にはひとりの女の写真がかざってある。ぼくの数少ない蔵書の重要なものは、すべてひとりの女に遺される旨書き記した。そして日記も手紙もノートも。だが、ぼくは知っている。それらのものは決して彼女の手には渡らないであろうことを。ぼくの死を知らせる電話なり電報なりを受けとっても、彼女は久我山に来はしないだろう。またぼくが卑怯な方法で自分を呼びだそうとしているにちがいないとおもうだけだ。私はコール・ガールではないのだから、どこへでも出掛けたりはしませんよと言って、負傷した自分の顔を鏡でみてゆううつになるだけだ。彼女はぼくの知らないぼくのいない時間は、一点の切れ目もなく持続するだけだ。そこで、ぼくが彼女に遺した本は荷やっかいになって売りとばされてしまうだけの話だ。こうなければいけない。この自殺のぶざまはこれによって完成する。まことにめでたいかぎりである。

死ぬ時だけでも清潔にしていたいとおもった。洗たくした下着、破れない両足そろったクツ下、それから、風呂に入り、もう一カ月半以上も散髪していない頭もちゃんと刈って。ところが、すべてメンドウでどうでも良いことになってこのぶざまをさらす。学生服だけはちゃんと着ておこう。これとても、もう何カ月もブラシをかけていないし、ズボンの裾は泥だらけ、膝がまるく突き出している。

いつだったか、東急名画座で、「雨の朝パリに死す」というのをみた。フランス語の耳ざわりが良いので、そのフランス語を聴こうと思ってみたのだが、フランスの映画とおもいきや、アメリカ映画のツマラナイメロドラマでガッカリしたのを覚えている。ところで、これは、「雨の夜東京に死す」である。それにしてもこの死は最初誰れによって、どういう反応をもって発見されるだろうか。「斜陽」の直治の自殺は伊豆の山荘の朝、豚のような女給だかダンサーだかに発見される。

ぼくの自殺は、当初の予定をこのちょっと寸前にその方法が変更された。服毒兼縊死にはかわりがないが——。当初はこの部屋の中でブロバリン百五十錠のみ、正座して倒れたら自然に首のなわがしまる方法だったが、この場合、首をしめる縄がちょっとうまい具合に行かないので、次のように変更する。つまり、廂になわをかけ、そのなわで首をしばり、次に、濡れ縁（というのかな）に、ちょっと動いたら落ちるように腰かけて、ブロバリンをのめるだけのむ。そして、意識不明となるのを待つ。これで失敗したら万事休す。臆病なぼくにはいまのところこれしか思いつかない。

さて、これで第一の発見者は誰れか。牛乳屋、新聞屋。彼らの誰れかがおどろいて、新開さんのベルを鳴らす。さあ、大変。それにしても、毎朝ぼくの部屋の窓に来てやかましく鳴く雀どもはどうするだろう。とにかく、この首くくりはしばらくこの近辺をにぎわせるだろう。しかし、計良さん、篠田さん、高瀬さんらはこわがってこの家をとび出してしまうだろうか。そうなったら、新開さんには心理的にも経済的にも大きな負担をかけることになってしまう。どうぞ、そうでないように。しかし、ぼくの部屋は当分、誰れも入らないだろう。小屋原がいまちょうど下宿をさがしているから入ってくれれば良いのだけれど、彼、「岸上のお化が出る。」と言ってこわがるだろうな。

多分、ぼくの身体は結核にやられているとおもう。本人だけはそれがわかる。だから、もう長くない命だとみんながあきらめてくれることだ。できたら、岡井隆さんに解ぼうしてもらったらわかる。しかし、岡井氏、モルモットばかり相手にしていて、人間の身体は解ぼうできないかな。もし、彼の研究の役に立つのだったら、ぼくが病気に浸されていることを確かめるためより、そのことのためにぼくのこの十三貫に満たない身体を提供したいのだが――。

仏教で葬式はやってもらいたくはないな。キリスト教ででも。なおまして神道で。火葬してくれて土に埋めてもらえればよい。もちろん、海へでも、川へでも、野原へでも捨ててくれても、首くくりのまま腐らしておいてくれても一向にかまわない。どうせ、生き残った奴等の自慰にすぎないのだから。どうしたというのだ。おまえの命はあと四五時間しかないのだぞ！　葬式の心配をしたり、おまえが信じていたひとりの女への愛をみずからけがすように、嫉妬のために彼女の悪口を書いたりして。彼女は聡明だぞ！　おまえは純情だぞ！　おまえは、そのおのれの純情に殉じるのだぞ！　うつくしいではないか！　もう9時すぎだぞ！　時間はない。もういっぺんお題目を唱えろ！

父が戦死して以来、ぼくの家庭は極度の貧困であったため、ぼくは少年時代から、社会主義の正しいことを、否！　社会主義が正しいかどうかでなくて社会主義しかないことを、自分の肌で感じとって来た。何度か、その皮膚感覚を頭により理論的理解に達しようとしては途中で放棄した。ところが、この四月、ぼくの近くにスバラシク聡明な女性があらわれて、ぼくはこの女にぼくの全存在を賭けた。時はまさしく安保闘争が高揚しつつあるときだった。いまこそ、ぼくは恋と革命のために生きなければならなかった。ぼくはそれ以前、ぼくの感傷によって、何人かの少女たちへの思慕を感じた。しかし、今度のとは本質的にちがう。以前の場合は、ぼくの全存在とは何らかかわりがなかった。だから、酒に酔っぱらって泣いて、嘔吐すれば事は解決した。今度はこんなにもぶざまに死なければばならない。酔っぱらって泣くなんて美しいことができるか。安保闘争に参加し、歌を書き、レーニンを読んだ。ぼくは恋と革命のために生きるんだ！とおもった。すべてが、ひとりの女へのシュプレヒコールにすぎなかった。そのシュプレヒコールが冷たく拒否されたのは、シュプレヒコールそのものが出発からまちがっていたのだ。それではとり下げて、新たに出発せよというのは誰れだ。そのシュプレヒコールはぼくの二十一年の生涯の結晶だったのだぞ！それをおめおめと引きさげてすむというのか。短研が、Tの圧力に屈したのとおなじ恥ずべきことだ。そんな、恥さらしをしてぼくがぬけぬけと生き耐えているほど不潔な人間だと見下げているのか！

十時少し前。お茶をわかして小休止。「みどり」に火をつける。これが最後の喫煙となるか。彼女と逢うときはよく「みどり」をすっていた。二子玉川のジェットコースターの下のヴェンチで彼女が「みどり」の匂いをかいでいたのをおぼえている。彼女がぼくの前ではじめてタバコを口にしたのは、深大寺の帰りにはいった吉祥寺の「グリーン」であったのをおぼえている。それから、下北沢の「珈琲園」と「ボンネット」で。ハッカがさわやかに口ににおう。そうだ！この今日の午後下北沢で買った「みどり」の吸い残しと「カスミ」から無断でもってきた灰皿を彼女に遺そう。Kさんよ！受け取ってくれるか？ぼくは最後まで自分の誤算に賭けよう。

吉本隆明だって、奥さんとかわいい女の子とでぬくぬくと暮らしているではないか。ひとりの女の愛も得られず、ひとりの女に子供を生ませもしないで二十一年も生きていた男に何ができるか。これから何年かおめおめと生きのびて彼女以上の少女を愛しうるとおもうのか。吉本さん！「ぼくは拒絶された思想となって、その意味のために生きよう」とうたったあなたの鉄のような強さたくましさがうらやましい。おもわぬことであなたを知り、あなたからぼくの作品をみてもらっていることをおしえてもらって実にうれしかった。ぼくはあなたを打ち倒すためにもっとがんばろうとおもった。でも、駄目です。ぼくは弱い。あなたには奥さんと娘さんがある。あなたの指は太くてたくましい。あなたの身体は頑健だ。あなたが倒れたら、ひとつの直接性が倒れる。ぼくはついにひとり少女も得られなかった。ぼくが倒れても、みんなあざ笑うだけだ。生きていても。吉本さん！ あなたに負けたくなかった。

岡井さん！ あなたの「土地よ！ 傷《痛》みを負え」がみられなくて残念だった。あなたは、吉本隆明と殺し合いをしなければならない！

母をおもうとコトバがない。「オユルシ下サ（イ脱字）。イマ、一度ダケ、オユルシ下サイ。」と言っても悪ふざけにすぎない。「生んだのが悪いのだ！」と言ったら、久代ちゃんにさえ笑われてしまう。しかし、どんな結果になっても、これはあなたが生み、育てた結果にすぎないのではないか。これも、みにくい弁解か。弁解してもしようがないでしょうと誰れかが言った。みんな、図々しい自分勝手なのだ。かつて、戦争時代の青年たちは、立派な大義名分をもって自殺した。しかし、現代の青年は自殺する理由も見い出せない。と大江健三郎は言ったが、かっての青年たちが天皇のために飛行機にのって死んで行ったように、ぼくは、恋と革命のために、窓から飛び落ちて首をくゝる。何んと英雄的な行為ではないか！　母がこの英雄的な青年を生み、育てたのではないか！　英雄の母！　しかし、厳粛であるべき死の前に、悪ふざけはやめよう。この親不孝者を裁くのは誰れか。母のみぞ知る。お許し下さい。すみません。これほどにしてもまだぶざまに生き耐えることはできないのだろうか。

よいからの前《(雨)》が少しはげしくなった。ひそやかに死は準備されてゆく。誰れも知らない。ぼくだけだ。明日の朝、ぼくの首くゝりの死体を発見しておどろくまで誰れも知らない。そのぼくとても、もう二・三時間しか知ることができない。雨の音が、ぼくの行為の音を消してくれるだろう。ぼくの首くゝりの死体は明日の朝まで雨に濡れたまま窓からブラ下っているだろう。犬にでも食われてしまえ！

このノートを書き記しているのは、全く時間つぶしのためであって、演技ではない。もう準備は完了しているのだ。美しいグリンの縄と純白のブロバリン。服毒兼縊死。失敗の心配はない。みごとにぼくは自殺するだろう。でも、まだ時間がはやい。家の人はねむったが、計良さんなんかは少くとも十二時まではねむらないだろうし、窓の前の家はまだおきていて、絶えず物音がしている。邪魔が入ったら大変。少くとも明朝の一時か二時まで待て。いま十一時まえ。あと二三時間だ。

いま、渋谷宝塚でリストの伝記映編「わが恋は終りぬ」を演っている。原題は「途ざ《(だ)》えざる歌」みなかった。そんなことはないから。「わが恋は終りぬ」即「わが歌はとざ《(だ)》えぬ」だから。恋と革命のために生きなければならない。それから、「真夏の夜の夢」もみたかった。返事を出さなかった。それから、松坂弘さんがおとい、ハガキで「武器なき斗い」をみるようにすゝめてくれた。「恋人がいたら一諸《(緒)》にみるように」と註がしてあった。松坂さん！ あなたの期待にも応えられなかった。昨日は「新日本歌人」の水野昌雄氏からもはげましのハガキをもらったし、会いたいと言っているらしい前川博にも会いたかった。清原日出夫の新作是非みたかった。おおくの人たちの眼前でみごとに空中分解しなければならないとは！

原稿用紙はまだある。時間はまだある。今夜は寿司を今上《(生)》のおもいにと腹いっぱい食べたので、まだ腹は空かないだろう。昨日、高瀬が寿司をごちそうしてくれた。何度も何度も「十日まで待ってくれるように」とくりかえしながら。高瀬よ！ 許せ。このぶざまな死にざまのてつを踏むな。昨年おまえは、妥協しなかったら死ぬべきだったのだ。それをオメオメ生きているから、このような死をみなければならない破目になってしまったのだ。それから、西村さん！ いつも死ぬ死ぬと言っている奴にかぎ(っ脱字)ていつまでもノウノウと生きているのだとあなたは昨年言ったのをおぼえているか。そのコトバの反対であることを証明するために死んだとおもわないで下さい。高瀬がいうところによると、宮崎さんが、ぼくが国会でケガをした時、「あれは西村さんに、感傷でベタベタだと言われたのに反撥してやったのだ。」と言われたそうですが、断じてそんな理由から、国会に入ってケガをしたのではないのと同じように、今度の自殺も全くぼくの個人的な理由によって、ぼくの恋と革命のためにするものです。逆説が好きな貴兄は、そんなにムキになって弁解するところをみるとやっぱりそうではないかとおっしゃるかも知れませんがね。皮肉でなくそうおもいます。

ぼくは母に対してと同じ理由で、高校時代の友人たちや山本・山下両先生に多くのコトバを残しえない。「オユルシクダサイ」とも言わせてもらえないような気がする。あなた方、君たちのぼくへの愛情のふかさをおもうと何も言えない。

このノートはぼくがいままで書いた原稿のなかでは、「寺山修司論」についで長い。あるいはアレを突破するかも知れない。しかし、それだけの精力でもって、何故「釈迢空論」を書けばよかったのにと説教する奴は誰れだ。ぼくとて、五六十枚の「釈迢空論」を書くことはいまのいままでねがっているのだ。その「釈迢空論」をいままでの全作品と同じようにただひとりの女にのみささげたいのだ。扉に「TO　YOSHIKO」と書いた「岸上大作歌集」を出したいのだ。いや、それ故にぼくはいま死ななければならないのだ。このまま死んだって何も残らないと言ってくれた高瀬の友情はありがたいが、しかし、生きのこって何かの仕事、作品を残しえたにしてもそれは何の意味もないのだ。はじめからまちがっているのだ。いまここで死ねば、そのまちがいの上に築かれたわずかばかりの作品をぼくは信じて遺しうるのだ。

ぶっつづけに書いて疲れる。あせっているわけではなく、その疲れのため、字は御覧のように荒れてくるし、論理はメチャクチャだ。これもまたぼくのぶざまな生を見事に証明するひとつであるならば、矛盾さくそうのまま時間のかぎり書きつず《（づ）》けよう。ぼくは作家だ。最後まで原稿用紙の空白を埋めている。

11時半。もうすぐ五日の午前0時。このように奇妙におちついて、時計とにらめっこしていると、何んだか、遊んでいるようで、もっと厳粛になって、あるいはワナワナな《（ふ）》るえても良いのではないか。

ぼくはこのノートとその前に書いた数人への手紙から一人の名前を消している。それが、ぼくの嫉妬から発していることをかくさない。ずいぶん心のせまい人間であった。だが、ぼくには、「おれがおまえにホレたって、それがおまえと何の関係があるのだ」なんてとうてい言い得ない。ぼくは、ぼくが消しさった名前、その存在を最後まで憎む。

高瀬よ！　君は昨日、さかんに堀辰雄の「美しい村」のことをしゃべっていた。ぼくは、自分の死のプログラムをつくるのに懸命で殆んど聴いてもいなかったのに。「風たちぬ。いざ生きめやも」はヴァレリィの詩句だったかな。高瀬！　昨日「カスミ」で君が彼女と肩を触れ合うように座っているのがうらやましかった。これも嫉妬かな。君の指は、彼女の指にふれた、否彼女の指が君の指にふれたにちがいない。ぼくが、ついに触れえなかったその肩と指に！　そして、君の「堀辰雄論」は彼女のその指によって清書される。もし、君が「堀辰雄論」の清書をぼくに頼んでいたら、ぼくは少くとも十日まで生きのびたろう。しかし、こういっているのは、決して嫉妬のためではない。これは信じてほしい。ぼくは君が好きだ。信じて疑わない。ぼくの嫉妬はただひとり、ぼくが消し去った名前にだけである。彼女の顔の負傷はとうとうぼくにはみせてもらえなかった。彼女の現在の最大の問題はそこに存在するのにちがいないのに。そして彼女の美しさを見い出しうるものは、それが心理的な面でも、ただぼくだけしかいないのに！　エリュアールが「おまえ、おまえはわたしの肉体の良心だ」とうたったように。

それから、ぼくが半分消している女の名前このノートを読めばその人だけにわかる名前に一言いっておこう。あなたの手紙に一回も応えなかったことをお許し下さいと。あなたに応えなかったことは苦しかったが、応えることはもっと苦しかったのです。最後までバカな話をして、笑ってわかれた。

山下先生、あなたが卒業の前にマルクスのコトバだと言って教えてくれた「偉大なるものは荒の前に立つ」というコトバを忘れていない。あなたは感激屋だ。清原日出夫を感激屋だと批判した松坂弘が感激屋であるように。山下先生が感激屋なら、山本先生あなたはその反対だ。近藤芳美を感激屋だとすれば宮柊二がその反対のように。決して皮肉ではありません。これ以上、評価したコトバをぼくは他に知らないのです。ぼくは実に語イが貧しい。

いよいよ、一九六〇年十二月五日となった。十二時少しすぎ。家の者はみなねむった。窓の前の家はどうか。あと一・二時間だ。すべてにさようなら。雨が降って、風が吹く。さすがに少しづ《ママ》つふるえている。

敗北したぼくに花を飾るのは無駄だ。生き残ったものをこそ花で埋めよ。生き残った者は強く生きろ！

「お母さん！」というのはウソだ。ぼくはぼくのことしか考えていない。

所持金を調べてみたら、五百四十三円。今日もう少し生きていたら奨学金三阡円をもらえるのだが――。それから、高瀬に六百円借りている。これはこのままにしておきたい。高瀬よ！　君からは生涯の借りをしたい。

ふるえている。寒さのためだ。ガクガクふるえている。隣りの高瀬さんがねむらないことには、時間が来ても決行できない。早く、電気を消して就床して下さい！

正座して待つ。あゝ！待つ。ぼくの生涯はすべて待っていた。何かを。いまは、寒さでふるえながら、自分の手でする自分の死を待っている。そうだ。これから「みどり」を吸う。ハッカが口にさわやかであれ。そして、ぼくの人生でもっともさわやかな月曜日の未明であれ。Ｋさんよ！　ぼくの吸い残した「みどり」を受け取ってくれるか。

もう一時前だというのに隣人はねむらない。この未来《（明）》にやらなければならない。明日まで待たない。ぼくに明日はない。こちらがねむくなってやり切れない。このままねむり込んでしまったそれこそお笑いにもならないではないか！　早くねむってくれ。

ぼくは何て、センチメンタリストなんだろう。いまでも、夭折歌人として文学史上に残ることを夢みている。中原中也、富永太郎、梶井基次郎、相良宏をおもっている。ぼくは恋と革命のために死ぬのではないか！　ぼくが夭折歌人として登録されたってされなくったってどうでも良いではないか。ぼくを夭折歌人とする文学史家がいたらバカだ。笑殺すべきだ。吉本隆明が生きているかぎり、この世の中はすてたものではない。吉本さん、あなたの詩集をつかんでぼくは死ぬ。ぼくの手が硬直する前にあなたの詩集は土の上におちて、雨にズブ濡れになるだろう。ざまあーみやがれ。ぼくはあなたにだけは負けたくない！　生き残る奴らはねむれ！　ぼくはあとちょっとばかりねむらない。Y・Kはタカセの卒論を清書しているのか！　一昨日、彼女は、ゴーリキイの「どん底」を持っていた。下北沢で。あれはぼくの本だ。母はねむっているか。高瀬は田舎でねむっているか。ぼくの遺骨は誰れの胸にだかれて帰省するか。母に死顔をみせないでほしい。発狂するかも知れない。すぐ火葬してほしい。その金はどこから出るのか。もうどうだって良いではないか。隣室の電灯が早く消えてくれんことを。

もう一時をすぎた。雨が降っている。風もある。物音は消える。この機会をのがすな。

涙はしめっぽい。誰れか一人でも良い笑ってくれ。ぼくは笑いながら死ぬのに。哄笑でも、嘲笑でも、微笑でも、ビン笑でも、とにかく笑ってくれ！

「雨の朝、東京に死す！」この月曜日の朝東京はサラリーマンにゆううつであろう。電車はやっぱり走っているだろう。ぼくの亡霊が久我山から乗車して、吉川さん（ああ！　吉川さんと話したかった）のねむい講義に出るだろう。Kさん、あなたは顔の中に白いマスクをかけて経堂から乗車するだろう。下北沢でぼくの亡霊にあうかも知れない。

隣室の灯は消えない。つけっぱなしでねむったのかな。二時まで待とう。あと四十数分。二時と三時との間だ。草木もねむるうしみつどき。（ああ！　なんて俗っぽいことしか言えないのだ。）何んにしてもねむい。ブロバリン百五十錠は、ぼくの掌からあふれ出しそう。これを飲みおおせるか。しかし、首を先にくくっておくから、縊死の方はまちがいなかろう。「ウバステ」の太宰みたいなヘマはしない。隣室の灯よ早く消えろ。君たちには、規則正しい生活が必要だ。学生時代に、小市民の生活をマスターしなければならない。グッスリねむり、さわやかな朝のめざめが必要だ。君らには明日がある。その明日を信じ、その明日を恃まなければならない。

寿司腹が空いて来た。いま、高瀬さんはトイレへ行った。さあ！ねむるぞ。さあ！　すべては終りになる。決してはじまりはしない。復活しない。用意はいいか。服装だけでも整えておこう。部屋を水曜日以来そうじをしていないのが気がかりだが、まあガマンしよう。眼鏡はキレイに拭いておこう。あと、三十分待て。二時だ。ものおとで誰れも目をさまさないように。君らはすこやかにねむらなければならない。君らは健康に生きなければならない。

この間、テアトル・ハイツで「また逢う日まで」を演っていた。みたかった。ああ！　AUF WIEDERSEHEN！　山下先生おぼえているよ。窓ガラス越しのキッス。ぼくはもうAUF WIEDERSEHEN！を言えない。さようなら。すべてにさようなら。「また逢う日」はない。

ブロバリン百五十錠飲んでも意識があったら、ウタでも書くことにして、とにかくこれで一区切りつける。これは、一人の男の失恋自殺です。それ以外の何者でもない。本人が最後まで、平常と何らかわりのない精神状態でいうのだから、まちがいない。信じてほしい。明朝、夜があけたら、ぼくはぶざまな死体を雨にぬらしてさらしているだけだ。世の中はしごく太平で《（お）》めでたいかぎりだ。それでは失敬。ぼくは、これから服装をととのえ、湯呑に水を注ぐ。万事予定どうりにすぎない。それでは、さようなら。やっと二時だ。

一九六〇・十二・五

岸上大作

二時三十分、服毒。すぐ意識がなくなるのかとおもったら、なかなか——。一度窓の外に出てみたがさむくってやり切れないので、もう一度ノソノソ入って来て、散らばっていた薬をのむ。現在二時三十七分。

顔はレーンコートでかくす。

電気を消して真暗闇の中で

書いている。デタラメダ！

岸上大作年譜

高瀬隆和 編

一九三九年（昭和14）　十月二十一日、兵庫県神崎郡福崎町西田原二四二二（当時田原村井ノ口）に父繁一（明治四十五年十月十三日生）、母まさゑ（大正六年一月三日生）の長男として生まれる。父は当時鶴居運送店に運転手として勤務。

一九四一年（昭和16）2歳　十二月十一日、妹佳世出生。

一九四二年（昭和17）3歳　十二月十五日、父応召、満州に派遣。《臨時召集により輜重兵五十四連隊に応召（姫路）。二十七日満州派遣。自動車隊に編入。二十年二月十日より八月十五日まで広東警備。》（高瀬隆和宛母まさゑの手紙一九七〇年八月二十六日）

一九四六年（昭和21）7歳　四月、田原小学校に入学。五月二日、父横須賀にて戦病死。《昭和二十一年三月十七日内地帰還のため洛陽出発。四月一日上海出帆。四月五日仙崎港に上陸。五月二日横須賀久里浜引揚援護局検疫所に於いて戦病死》（母まさゑの手紙）。小学生時代は、内気でよく同級生に泣かされたという。小学校六年生の時の日記帳に、自作の詩が数篇記されている。この頃神保光太郎選の某誌に詩を投稿し、入選したという。また夏休みの自由研究として、小学館発行の小学生用の雑誌に入選した小学生の詩を集め、自作の絵を挿入し、「児童詩」としてノート二冊に編集する。

一九五二年（昭和27）13歳　四月、田原中学校に入学。成績は優秀で、この頃より文学に親しみはじめる。

一九五三年（昭和28）14歳　学級委員長になる。社会科担任の政木清信より影響を受け、社会主義に興味を覚えたという。この年毎日新聞（十一月二十五日）朝刊第二面「読者の会議室」に「戦犯送還を機にソ連と講和を」（14字×17行×5段）が掲載され、話題になったという。

一九五四年（昭和29）15歳　四月、生徒会書記長となる。また、学校誌「あけぼの」を編集する。五月、修学旅行で四国に行く。この頃、俳句を多く作る。

一九五五年（昭和30）16歳　三月、卒業の時生徒会活動に努力した功により特別賞を受ける。四月、兵庫県立福崎高等学校入学。文芸部に入部する。同時に入部した同級生の井上正康、雲丹亀剛、奥平泰熙、加茂川喜郎と知り合う。五月、小説「半年」十五枚を書く。六月、小説「姫路」三十五枚を書き上げ、丹羽文雄に送るが作文に過ぎぬと評される。同校の教諭山下静香（元「多磨」に所属）より短歌総合誌「短歌」及び「短歌研究」を借りて読む。七月、結社誌「まひる野」に入会。この頃より「高校時代」（土岐善麿選）「高校コース」（宮柊二選）「若人」（窪田章一郎選）など数種類の雑誌に投稿し始める。八月、文芸部の友人らと室津（揖保郡御津町）でキャンプする。それ以降、同高教諭山本毅・山下駿と親しみ、思想的に影響を受けたという。十月、生徒会書記長となる。この頃、同級生H・Mへの思いを友人に打ちあける。

一九五六年（昭和31）17歳　一月、ツルゲーネフを読む。特に『父と子』に感動し、ロシア文学に興味を覚える。福崎高校文芸部「れいめい」第一号にエッセー「私の生活と短歌」と「初霜のころ」十六首を発表。二月、この頃より文芸部の友人三人と「結実——青春ノート」という交換ノートを作り、文学、友情、恋愛について書き合った。地元の結社雑誌「文学圏」（当時福崎町）に入会、以後時々歌会に出る。十月、文芸部誌「れいめい」第二号の編集を友人らと行ない、他校の高瀬隆和、野村トヨ子等四人の招待作品を掲載する。寺山修司等の「荒野」のような十代の同人誌を出す計画の一環としてであった。以後いろいろな計画をするが、同人誌の刊行は成らなかった。同誌に〈組曲〉二十九首を発表。

一九五七年（昭和32）18歳　一月、ドストエフスキー、トルストイ、ゴーゴリ、ゴーリキー等のロシア文学に深く感動する。「まひる野」一月号に「私の五首選」を発表。四月、妹佳世、田原中学校卒業。姫路の「やまとやしき」百貨店に就職。日光、東京方面に修学旅行。途中東京で、「まひる野」の窪田章一郎、武川忠一、篠弘等に会う。七月、将来高校の教師を志望。また家庭の事情も考え、卒業後就職をも考えるが、いずれの道も決めかねて悩んでいた。この頃、帰省中の高瀬隆和（国学院大学一年）が福崎町の岸上宅を訪ねる。九月、「れいめい」三号の編集に従事し、「静かなる意志」二十一首を発表。十月、この頃大学入学と同時に育英会の奨学資金を受けることのできる予約採用と決定、また、兵庫県の母子資金が受けられる見込みが立つ。雲丹亀剛と共に上京することを決意し、早稲田大学（一文）国学院大学（文）の二校を志望と決める。

一九五八年（昭和33）19歳　二月、「れいめい」四号に「某日」十二首を発表。三月、福崎高校卒業。早稲田大学第一文学部国文科を受験、第二次試験（面接）にて不合格となる。この頃、H・M（卒業後大阪に就職）と文通。四月、国学院大学文学部文学科入学、同時に同校短歌研究会入会。大田区雪ヶ谷五九九（当時）生駒方に雲丹亀剛と下宿する。この頃、読書に熱中する。学校に提出する作文「わが母校を語る」五枚を書く。「国学院短歌」二十三号に「五月抄」七首を発表。六月四〜五日、近藤芳美、宮柊二歌集を読む。この頃、アルバイトで世論調査員として都内を歩き回る。堀辰雄を読む。十五日、西村尚、高瀬隆和、山口礼子、野村トヨ子等と同人誌「汎」を創刊。同誌に「某日」十五首を発表。七月一日、「汎」合評会ではじめて野村トヨ子に会う。「国学院短歌」二十四号に「昏き日々」七首を発表。八月、帰省。そして上京の途中、舞鶴の西村尚宅に遊ぶ。九月九日、学校に提出する作文「秋からのわが生活設計」五枚半を書く。「れいめい」五号に「雪ヶ谷周辺」十三首を発表。十月、「まひる野」十月号に相互批評（夏目了一評）を発表。「汎」二号に「断谷」十五首を発表。大学祭の準備のため、この頃、二度窪田章一郎宅を訪ねる。「国学院短歌」二十五号に「屋上の空」七首を発表。十一月、大学祭の第四回全日本学生短歌大会において「ささやかな願いこめたる基金にて平和像みな祈りの姿」が宮柊二選の特選になる。この頃より増進会（大学入試模擬テスト）の採点のアルバイトを始め、以後これにより毎月一定の収入を得るようになる。この頃、高校以来計画していた同人誌の呼びかけを行なうが、成らず。十二月、「汎」三号に「冬物語」十五首を発表。以後「汎」は休刊。帰省の途中京都（加茂川喜郎の下宿先）に遊ぶ。

一九五九年（昭和34）20歳　一月五日、上京。「国学院短歌」二十六号に「坂と風とそして母」七首を発表。この頃より歌集の出版計画を立て、今までの作品を整理しはじめる。二月、前年秋頃より思い続けていたT・Nとは片恋として終わる。十四日、国学院大学短歌研究会の四年生を送る会にて泥酔。三月、帰省。四月、「国学院短歌」の編集委員となり、S・Eと「大学生の歌誌」の欄を担当。国学院大学社会科学研究会に入会。五月一日、メーデーに参加。「まひる野」五月号にエッセー「ある記憶」を発表。十五日、杉並区久我山三―一七四（当時）新開方に下宿を移し、ひとりで自炊生活を始める。「国学院短歌」二十七号に「その母たちのように」七首とエッセー「短歌一首が出来るまで」及び埋め草「あんてな――XYZ」を発表。十六日、大学歌人会入会と同時に林安一、高瀬隆和、井本努、前川博等と同会の役員になる。この頃、短歌研究会の一年後輩T・Fに好意を抱く。同じ頃、体調に不安を抱く。六月二十七日、阿部正路歌集『合図』・清水二三恵歌集『玻璃の絵』の出版を祝う会を大学歌人会主催で開く。七月、「国学院短歌」二十八号に「禿山の話」七首と「大学歌誌の窓」を発表。帰省せず全国受験研修社でアルバイト（六月二十八日～七月十二日）。八月、高瀬隆和より相良宏歌集を借りて写しはじめる。体調の異常が続き、結核の恐れを抱く。二十四日、杉並区西保健所にてレントゲン間接撮影の結果、結核、右胸に病巣、六か月の治療を要すといわれる。下宿先の勧めにより、九月三日東大病院で再びレントゲン撮影を行なった結果、肺結核の心配はなしと判明。「国学院短歌年刊歌集第六輯」に「その母たちのように」十六首を発表。この頃、T・Fへの思いも片恋で終わる。十月、「国学院短歌」二十九号に「涙について」七首を発表。『魯迅全集』を読む。二十九日、大学歌人会合同歌集『青年』の出版記念会を開く。大学歌人陣容がためのため、数校の短歌会に呼びかけ、また出向く。この頃、河出朋久、佐佐木幸綱、田島邦彦等が大学歌人会に参加。『太宰治全集』を読み始める。エリュアールの詩集を読む。「ノート大学歌人会」第一号に「十月の理由」五首を発表。十二月、「まひる野」を退会。総合誌「短歌」十二月号（大学生と短歌特集）に「禿山の話」十首を発表。（「国学院短歌」及び「まひる野」に発表した作品）、「国学院短歌」三十号に「十月の理由」七首と「大学歌誌の窓」を書く。帰省。抵抗文学関係のものをまとめて読む。

一九六〇年（昭和35）21歳　一月、高瀬隆和、雲丹亀剛等多くの友人に宛てた年賀状に太宰治「晩年」の一節を書いて送る。二月二十日、西村尚より借りた岡井隆歌集『斉唱』を写しはじめる。この頃より葛西善蔵のものを読みはじめる。また、映画（ヌーヴェル・ヴァーグを中心に）をよく観る。不眠の夜が続く。四月、相良宏論を書こうと準備するが書けず、十四日エッセー「閉ざされた庭」十一枚を書き上げ、「国学院短歌」三十一号に発表。この稿が「短歌」編集長冨士田元彦の目にとまる。なお、同誌に「意志表示抄――四月二十六日」七首と「大学歌誌の窓」を発表。国学院短歌研究会の責任者となる。短歌研究会に新入生Y・Kが入会。高瀬隆和の下宿において、平田浩二、沢口芙美等四人で月二回読書会を開く。テキストは岩波新書『昭和史』『昭和時代』であった（七月、「具象」創刊により中止）。五月一日、メーデーに参加。十三日、全学連主流派デモに参加。二十日、全学連反主流派デモに参加。この頃、カフカを読む。六月四日、全学連反主流派デモに参加。十二日、国学院三部会(俳研・短研・文芸)では江藤淳、寺山修司等の講演会を計画し、講師依頼のため寺山修司宅を訪ねる。十五日、全学連国会構内での抗議集会において警官の棍棒で頭を割られる。二針縫い一週間の軽傷。また、眼鏡の右レンズにひびが入るが、以後眼鏡はそのままかけていた。この日、同じ国会構内で樺美智子が死亡。二十二日、包帯がとれる。七月、この頃、林安一、高瀬隆和と共に大学歌人会の仕事を投げ出す。七月十五日、林安一、高瀬隆和、田島邦彦、沢口芙美等八人で「具象」創刊。「具象」一号にエッセー「ぼくらの戦争体験」十一枚と「もうひとつの意志表示」十二首を発表。三十一日、帰省。帰省中、吉本隆明のものを読む。また社会科学関係のものも多く読む。八月、この頃より卒業論文に釈迢空を取り上げようと、準備を始める。「短歌」八月号に「黙禱」七首発表。九月二日、「短歌」十月号の座談会「明日をひらく」に稲垣留女、小野茂樹、清原日出夫等と出る。「短歌研究」新人賞に「意志表示」、が推薦され、同誌九月号に四十首発表。この頃「寺山修司論」を書くため、図書館にこもる日が多かった。また、藤田武、松坂弘等の「環」の会に招待され出席する。十月、この頃「十月の理由」の作製に苦しむ。レーニン選集を読む。二十五日発行の「具象」二号に「戦争責任・戦後責任」及び同人ノート(Q)を発表。十一月、「国学院短歌」三十二号に「埋め草」一枚を発表。大学祭の一環として国学院短歌研究会では、吉本隆明の講演会を予定し、準備を進めていたが、「革命の詩人、吉本隆明来たる」というビラが目にとまり、学校当局の中止勧告を受ける。二、三日、短歌研究会臨時総会を開き中止勧告について話し合う。強行すべしの意見は彼を含め四名だけのため、学校当局の勧告にやむをえず従う。なお、就職試験や帰省のため欠席者が多く、出席者は二日四名、三日十二名であった(会員は三十名くらい)。同会を退会決意、責任者を辞退する。なお、これらのことにより卒業論文に釈迢空論を書こうという決意を新たにする。(「迢空ノート」二冊が残っている。)「短歌研究」十一月号に

「しゅったつ」二十五首を発表。「短歌」十一月号に「寺山修司論」二十三枚を発表。十日、吉本隆明を御徒町の自宅に訪ねる。十二日、角川書店に冨士田元彦を訪ねる。十七日、沢口芙美と共に『資本論』を読み始める。同夜、岩田正、馬場あき子夫妻宅を訪ねる。十九日、六月行動委員会シンポジウムに出席し、吉本隆明に会う。《みずからの弱さに嘔吐しながら、弱さにおぼれている》（日記十一月二十一日）。関根弘の詩の一節「俺の／いや俺達の／なまあたたかい体温が／霧の原因であることを発見した」をキャッチフレーズとして作品を創ろうとするが、創れず。十二月、「短歌」十二月号に「十月の理由」十五首を発表。三日、徹夜あけで卒論を書き続けている高瀬隆和を早朝訪ねる。夜行で帰省する高瀬が仮眠をとっている間に絶筆の一部下書き（死後、岸上の下宿のゴミ箱より発見）。同夜、品川まで高瀬を送る。五日、午前三時頃、ブロバリン百五十錠を服し、さらにロープを使って縊死。死の七時間前から死の寸前まで書き続けた絶筆「ぼくのためのノート」二百字原稿用紙五十四枚及び母、冨士田元彦、雲丹亀剛、高瀬隆和、Y・K、新開（下宿先）、国学院短歌研究会（退部届）宛の遺書、「残した書物その他の処理」「連絡先」等があった。遺書により国学院短歌研究会を正式に退会。六日、堀之内火葬場にて火葬。武川忠一、篠弘、岡井隆、冨士田元彦、西村尚、「具象」、国学院短歌研究会のメンバーが参列。同夜、母、妹、叔父、雲丹亀剛に抱かれて帰省。その後、岩田正、馬場あき子夫妻が弔問。八日、郷里にて葬儀。戒名釈大道。墓所は、兵庫県神崎郡福崎町西田原。

一九六一年（昭和36）　一月、「国学院短歌年刊歌集第七輯」に「意志表示――四月二十六日」十一首を発表。「文学圏」九十五号に「岸上大作追悼」特集される。二月、「短歌研究」二月号に「四角い空」（「汎」四号のために書いた作品）十五首と「告白以後」九首掲載される。「短歌」二月号に「ある青年歌人の死をめぐって」として特集され、岸上大作遺歌抄「歴史の季」（武川忠一選）百八首及び絶筆「ぼくのためのノート」掲載。三月、「具象」三号において追悼特集。「福崎高校新聞」六十三号において追悼特集。六月二十日、西村尚、高瀬隆和等により、岸上大作作品集『意志表示』を白玉書房から上梓。七月七日、『意志表示』出版記念の会開催（グリル・ミニヨン）。岡井隆、篠弘、武川忠一、岩田正、小野茂樹等出席。十二月五日、岡井隆、篠弘、西村尚、小野茂樹等を発起人として、「大作忌」開催。出席者は寺山修司、上田三四二、岩田正等三十数名。

一九六三年（昭和38） 十一月十四～十五日、文京公会堂において催されたフェーゲラインコール第九回演奏会で林光作曲の合唱曲「ヴァカンスあるいは時のなかの死」の一部として、「意志表示――岸上大作」が演奏された。

一九六九年（昭和44） 一月三十日、祖父勇次郎死去。九十歳。

一九七〇年（昭和45） 十二月五日、『岸上大作全集』（解説＝冨士田元彦）思潮社より刊行。

一九七一年（昭和46） 九月二十三日、母の手により「意志表示せまり声なきこえを背にただ掌の中にマッチ擦るのみ」の作品を刻みこんだ墓碑建立。撰文高瀬隆和、揮毫西村尚。

一九七二年（昭和47） 五月二十日、角川文庫『意志表示』（解説＝吉本隆明）刊行。

一九七三年（昭和48） 十二月三十一日、『もうひとつの意志表示――岸上大作日記大学時代その死まで』（解説＝岡井隆、編者＝高瀬隆和）大和書房より刊行。

一九七四年（昭和49） 六月十日『青春以前の記――岸上大作日記高校生活から』（解説＝長田弘・岩田正　編者高瀬隆和）大和書房より刊行。

一九八〇年（昭和55） 八月五日『岸上大作歌集――現代歌人文庫』（解説＝三枝昻之）国文社より刊行。

一九九一年（平成3） 三月三日母まさゑ死去。七十四歳。

四月一日姫路文学館開館。岸上大作常設展示コーナーが設けられる。

一九九四年（**平成6**）　十月三十日、兵庫県立福崎高校中庭に、同窓会の手により「かがまりてこんろに赤き火をおこす母と二人の夢作るため」の歌碑建立。（書　尾田英子）

一九九九年（**平成11**）　十月八日～十一月二十八日まで姫路文学館において「'60年ある青春の軌跡——歌人岸上大作展」（監修高瀬隆和・西村尚）行なわれる。

十月八日図録『'60年ある青春の軌跡——歌人岸上大作』姫路文学館より刊行。

十月二十日『血と雨の墓標　評伝・岸上大作』（小川太郎著）姫路文学館より刊行。

なお、岸上大作の生前の短歌作品の発表誌（商業雑誌以外）は以下のとおり。

- 「れいめい」一号（一九五六・一）～五号（一九五八・九）
- 「まひる野」一〇三号～一五三号（一一七・一二〇・一二三・一二四・一二七・一二九　一三〇・一三一・一三四・一三五・一三六・一三七・一四三・一四四・一四五を除く）（一九五五・九～一九五九・一一）
- 「文学圏」四十八・四十九・五十・五十一・五十五・五十九号（一九五六・三～一九五七・三）
- 「国学院短歌」二十三号（一九五八・五）三十一号（一九六〇・四）
- 「汎」一号（一九五八・六）～三号（一九五八・一二）
- 「具象」一号（一九六〇・七）

跋

家が貧しいのはなぜか。祖父が母を監視するのはなぜか。家に争いが絶えないのはなぜか。その原因は、何か。戦争だ、戦争が父の命を奪ったからである。幼い魂は、知ることを求める。書くことを覚える。読むことを覚える。

戦争をなくす社会を作っていかなければならない、幼い魂は戦おうと思う。葦のように震える心の苦悩を慰めてくれる異性の愛が欲しいと思う。やがて像をなしてゆく「恋と革命」への思慕は、すでに十三、四歳から息づいていた。

中学を卒業、高校に入学した春、「葦」という詩を日記に書く。パスカルの「考える葦」を下敷きにした母への呼びかけの詩だ。「この葦は／やがて、／その双けんに／その母の総べての望みを乗せて、／弱々しく／立ち上がるだろう。」

だが、

この葦に光はあるのか。

この詩の原文を目にしたのは執筆中の十月三十日、姫路文学館の閲覧室においてであった。日記をもつ手が震えた。敗戦から十年、その大いなる希望の首途に立ったはずの十五歳の少年は、ちかい将来に生起することのすべてを予感していたのであった。

これまで、何編かの岸上論を執筆してきた。しかし、私は敗戦ほどない時代を歩んだ、その幼い魂の来歴を知ることなく論を展開してきたのであった。

本書『「恋と革命」の死』執筆を思い立ったのは、この九月になってからであった。なんとか、その命日にあたる十二月五日までに一本にならないだろうか。この日、私は姫路文学館で前回(「没後50年　岸上大作の愛と死」)に引続き、講演(「血と雨の歌　没後六十年を迎えた岸上大作」)の依頼を受けている。だが、当日まで三ヶ月はすでに切っている。よし、一本は叶わぬとしてもせめて、安保闘争六十年、敗戦七十五年、岸上大作没後六十年のこの節目の年に、何かを書き記しておこう。

主宰誌「月光」に特集号を企画した私は、これまで刊行されてきた四巻、すなわち歌集『意志表示』(白玉書房、一九六一年六月)、『岸上大作全集』(思潮社、一九七〇年十二月)、角川文庫『意志表示』(一九七二年五月)、そして私が編纂した現代歌人文庫『岸上大作歌集』(国文社、一九八〇年八月)の書誌的解題を書き始めた。いくつかの不明に出会い、姫路文学館学芸員竹廣裕子氏に教示を乞うた。

そうだ、開館準備室の頃から資料収集、企画展など、岸上大作に若い命を削ってきた竹廣裕子氏の原稿をもらおう。さらに夢は膨らみ、その生涯の命のイニシャル「Y・K」角口芳子、歌人沢口芙美の小説「風の鳴る日は……」（「ネオアプレゲール」創刊号、一九六七年十一月）を一挙、掲載しよう。竹廣氏は一晩で原稿を纏め、沢口氏はさわやかに電話に応じてくれた。

この間、皓星社晴山生菜氏の声援を受け私が、本書執筆にとりかかったのは、十月になってからであった。大作少年が学生歌人岸上大作に至る経緯を、その誕生に遡り順を追って書いていこう。かくして私は姫路文学館が没後四十年展を記念して刊行した『'60年 ある青春の軌跡 歌人 岸上大作』（一九九九年十月）を手がかりに、執筆を開始した。

早暁から深夜に及ぶ、受験生のような日々が終り、ようやく目鼻が付いたこの月の三十日、姫路文学館に学芸員竹廣裕子氏を訪ねた。中学、高校時代の日記、福崎高校文芸部機関誌「れいめい」等閲覧の労をとってもらうためである。

その生立ちから筆を起こしていてよかったと思った。中学時代の新たな資料にふれ、一気に纏めにかかった。

それにしてもと思った。自身の無様への共感は措くとして、なぜに私はかくまでも長く、岸上大作にこだわり続けてきたのであろうか。

「早稲田短歌会」に入会し短歌を書きはじめたのは、安保闘争の敗北感が漂う一九六二年であった。塚本邦雄に出会い、岸上大作に出会った。六〇年代後半の激しい政治的季節を経、七〇年代に至り何編かの岸上論を綴った。やがて朗読のステージ活動を開始した。以来四十数年を「六月の雨」、絶筆「ぼくのためのノート」を絶叫する私がいた。予備校でその生立ちを語り、大学で『意志表示』をテキストに講義をする私がいた。そしていま、岸上大作論一巻を書き上げた私がいる。

一ヶ月という短期間に書き上げ、岸上のあらいざらいを曝け出した本書ではあるが、没後六十年にしてついに書かれた、「岸上大作論」の集大成という想いは深い。

それにしても、とまた思う。若き岸上が出会い、その後私が出会った寺山修司も、岡井隆も、吉本隆明も、冨士田元彦も、武川忠一も、岩田正も、小野茂樹も、清原日出夫も、高瀬隆和も、西村尚も、田島邦彦も、藤井常世も、もういない。みな、幽明境を異にしてしまわれた。改めて私は、岸上没後六十年という歳月を思う。戦い終わって日が暮れて……。

いや戦いは終わってはいない。岸上大作の必死の生き様とそのいのちの歌は、「恋と革命」が死語となって久しいこれからの時代にこそ、読まれなければならない。そんな想いから、岸上が歩いた二十一年の時代の出来事に多く頁を割き、ついには、その短歌の用語の説明から、下手な鑑賞にまで及んでしまった。

本書を閉じるにあたり、まず姫路文学館学芸員竹廣裕子氏に、そして熱い共感をもって申し出を受け止め、短期出版に漕ぎ着けてくれた皓星社社長晴山生菜氏に謝意を表します。

そう、岸上大作よ、君を書くことは、「戦後」という時代を、社会や歴史を視座に、常に民衆の側から苦悩し、学習を怠ることなく戦い成長した、日本の最も誠実な青年の精神史を書くことにほかならない。

この一書を没後六十年を迎えた歌人岸上大作及びその母まさゑ氏に献ずる。

二〇二〇年十一月十二日　　　福島泰樹

岸上大作歌集『意志表示』抄　『岸上大作全集』（一九七〇年、思潮社）
絶筆「ぼくのためのノート」　『岸上大作全集』（一九七〇年、思潮社）
年譜　高瀬隆和著『岸上大作の歌』（二〇〇四年、雁書館）
資料は右記の単行本を底本としました。
誤字脱字は校訂のうえ適宜修正を行いました。
カバー写真提供：姫路文学館

福島泰樹（ふくしま・やすき）

1943年3月、東京下谷生。早大卒。69年、歌集『バリケード・一九六六年二月』でデビュー。「短歌絶叫コンサート」を創出、朗読ブームの火付け役を果たす。85年4月、「死者との共闘」を求めて東京吉祥寺「曼荼羅」で「月例」コンサートを開始。
同年6月、短歌絶叫コンサート「六月の雨／樺美智子、岸上大作よ!」を開催。ブルガリアを皮切りに世界の各地で公演。国内外1600ステージをこなす。単行歌集に『下谷風煙録』（皓星社）他32冊、全歌集に『福島泰樹全歌集』（河出書房新社）。評論集に『弔い―死に臨むこころ』（ちくま新書）『寺山修司／死と生の履歴書』（彩流社）、『誰も語らなかった中原中也』（PHP新書）、『追憶の風景』（晶文社）。他にDVD『福島泰樹短歌絶叫コンサート総集編／遙かなる友へ』（クエスト）など著作多数。毎月10日、吉祥寺「曼荼羅」での月例「短歌絶叫コンサート」も35年を迎えた。

夭折の系譜 1

「恋と革命」の死　岸上大作

二〇二〇年十二月五日　初版第一刷発行

著　者　福島泰樹
発行所　株式会社　皓星社
発行者　晴山生菜
〒一〇一-〇〇五一　東京都千代田区
神田神保町三-一〇　宝栄ビル六階
TEL：〇三-六二七二-九三三〇
FAX：〇三-六二七二-九九二一
メール　book-order@libro-koseisha.co.jp
ウェブサイト　http://www.libro-koseisha.co.
郵便振替　〇〇一三〇-六-二四六三九

装幀　藤巻亮一
印刷・製本　精文堂印刷株式会社

ISBN978-4-7744-0720-3